Luigi Garlando

Nel mezzo del pallon di nostra vita

Prefazione di
Aldo Cazzullo

CAIRO

Pubblicato in accordo con Grandi & Associati, Milano

ISBN 978-88-309-0414-9
Prima edizione: novembre 2024

Sommario

Prefazione

di *Aldo Cazzullo*

Quello sportivo è da sempre una branca d'eccellenza del giornalismo italiano. E non solo perché abbiamo avuto grandi giornalisti sportivi, da Gianni Brera a Gianni Mura, grandi direttori, da Gino Palumbo a Candido Cannavò, e grandi poeti e scrittori che dallo sport sono stati ispirati, da Umberto Saba a Giovanni Arpino.

Noi italiani, a differenza di quel che crediamo, non abbiamo una grande letteratura. Il nostro modo di raccontare le storie, da Giotto a Guttuso, è sempre stata la pittura. Nell'Ottocento, mentre Alessandro Manzoni passava la vita a riscrivere il suo unico romanzo – da noi giustamente amato –, Balzac, Dumas, Flaubert, Zola, Hugo infilavano un capolavoro dietro l'altro. Non abbiamo avuto Tolstoj e Dostoevskij, Dickens e Stevenson, Melville e Steinbeck. Abbiamo certo avuto bravi romanzieri, che però non fanno parte della nostra cultura materiale, e non hanno valicato le Alpi o attraversato il Mediterraneo.

Il nostro vero grande romanzo popolare è lo sport.

Sono Coppi e Bartali, il Grande Torino, Riva Rombo di Tuono, Mazzola e Rivera, Nicolò Carosio e Nando Martellini, sino a Vialli&Mancini, Baggio&Schillaci, Totti&Del Piero.

Poi, certo, abbiamo la *Divina Commedia*. Che non è un romanzo, e non è soltanto un poema in versi. Non è neppure soltanto un viaggio nell'aldilà. È un viaggio dentro l'animo umano, sino ai confini di ciò che è in noi. «Il più bel libro scritto dagli uomini», come lo definì Borges, lasciando intendere che la Bibbia fu scritta invece da Dio. Dante è il padre della lingua italiana e dell'idea stessa di Italia, intesa non come Stato ma come un patrimonio comune di bellezza e di cultura, la cui missione è gettare un ponte tra la Roma dei Cesari e la Roma dei Papi, tra la classicità e la cristianità; e da questo incontro nasce l'Umanesimo, che è il motivo per cui l'Italia è importante nel mondo.

All'apparenza, lo sport e la *Divina Commedia* non c'entrano molto. Invece questo libro li unisce.

Luigi Garlando è uno dei migliori giornalisti italiani. Non giornalisti sportivi, ma in assoluto. È meno noto di altri, pur bravissimi, perché è schivo, non ama la tv, non va pazzo per i social. Ma la sua competenza è riconosciuta dagli appassionati di sport, che fanno da sempre il giornale su cui scrive Garlando, *La Gazzetta*, il quotidiano sportivo più letto al mondo. E la sua scrittura è popolarissima tra i ragazzi, anche all'estero. La sua serie sulle Cipolline, ispirata dalla squadra dove è cresciuto Diego Armando Maradona, ha segnato l'infanzia di milioni di ragazzi. E *Per questo mi chiamo Giovanni*, il libro che ha avvicinato due generazioni alla figura di Giovanni Falcone, è fisso da vent'anni nella classifica dei più ordinati su Amazon. Garlando eccelle anche nella difficile arte dell'intervista: ha confessato Zlatan Ibrahimović e Adriano Galliani, dando vita a due libri di grande successo, *Adrenalina* (anche questo tradotto in tutto il mondo) e *Le memorie di Adriano G.*

Fin qui non sono giudizi personali, ma oggettivi, condivisi da tutti gli addetti ai lavori. Ora vi dico invece cosa penso di questo libro.

L'intuizione è geniale. Su una panchina di Sassuolo – la città che, come scrive Garlando, è stata il suo trampolino professionale – è seduto sconsolato il re dei «Giochisti», il giovane allenatore che più ama gli schemi, la costruzione dal basso, la tecnica, la fantasia: Roberto De Zerbi. Non a caso, un ex numero 10: maglia che ora indossano pure i terzini. «Ormai da tempo cadde in gran disuso/ il bel giocare che insegnavo io./ Ora si vince sol di corto muso.» «Di corto muso» è un'espressione proveniente dall'ippica che evoca Massimiliano Allegri, il re dei «Risultatisti», quelli per cui l'unica cosa che conta è vincere, e il modo più semplice di vincere è concentrarsi sulla fase difensiva, non prendere rischi, adattare il proprio gioco a quello dell'avversario: il risultato ideale è 1-0, la vittoria appunto «di corto muso».

Ma Dante-De Zerbi incontra sulla panchina-selva oscura il suo Virgilio: il Barone, Nils Liedholm, il vero inventore del calcio moderno. E qui consentitemi un breve ricordo personale: Liedholm è uno dei personaggi più affascinanti che abbia mai intervistato. Tra le tante cose che mi disse, spiegò che ogni squadra ha un codice genetico. Il Milan, come la Roma, ha sempre avuto il senso del bel gioco, dai tempi del Gre-No-Li al *tourbillon* di Sacchi; e lo stesso Rocco, che passava per difensivista, schierava insieme Sormani, Prati, Rivera. La Roma di Liedholm veniva al Comunale di Torino e dominava la partita; poi magari partivano Boniek e Platini in contropiede; ma tra Di Bartolomei, Ancelotti, Conti, Falcão, Toninho Cerezo, la palla ce l'avevano sempre i giallorossi. Proprio Liedholm faceva notare che la Juve e l'Inter, da quella del Mago Herrera in poi, hanno sempre avuto un'impostazione più «italiana» (Brera parlava di «squadra femmina»): non necessariamente difesa e contropiede, ma comunque capacità di farsi concava e convessa, di adeguarsi al gioco altrui, e di usare come un judoka la forza dell'avversario per sconfiggerlo. Pur essendo nordico, Liedholm aveva appreso in Italia un gusto mediterraneo per l'esagerazione. «Il più lungo applauso di San Siro l'ho avuto quando ho sbagliato un passaggio.» Come mai? «Erano tre anni e sei mesi che non sbagliavo un passaggio.» Ma dai, questa non è vera! «È vera invece. E ogni volta che la racconto, aggiungo un mese.»

Nel libro di Garlando, Liedholm, come Virgilio, accompagna Dante-De Zerbi nell'aldilà. Vige anche nell'Inferno garlandesco la legge del contrappasso. I calciatori violenti vengono sbranati da cani feroci, e tra loro spiccano il mitico Pasquale Bruno, detto «'O animale», e Goikoetxea, «la bestia di Bilbao», che fratturò il giovane Maradona. Poi ci sono i «simulatori e cascatori», dove si raccoglie lo sfogo di Pavel Nedved («e non scordare la lezione appresa:/ lo squalo, Pavel e ciò che adesso vedi./ Se dici tutto a Federico Chiesa,/ scommetto resterà di più in piedi.») Quindi gli «sperperatori di talento», tra cui ovviamente Cassano e Balotelli. E ancora gli avidi di denaro, con gli occhi chiusi da monete, tra cui Roberto Mancini che abbandona la panchina azzurra per quella saudita e gli scommettitori Fagioli e Tonali...

Ma i libri non si raccontano. Si leggono. Leggere questo libro è un piacere intellettuale e una forma di istruzione, un divertimento e un promemoria. *Nel mezzo del pallon di nostra vita* è un incrocio tra la *Divina Commedia* e l'album delle figurine Panini. Di ogni calciatore e allenatore è tracciato un ritratto vivido e un breve profilo statistico. Ma la cosa più straordinaria è lo stile.

Garlando adotta quello di Dante. Terzine composte da endecasillabi. Rima incatenata ABA BCB CDC... Una tecnica prodigiosa, senza un errore. Un esercizio di bravura al limite del virtuosismo, tipo Maradona che palleggia scalzo con le arance. Fino all'epilogo: l'incontro con gli Spiriti Magni – Facchetti, Scirea, Maldini – e con il dio del calcio; per poi tornare a riveder le stelle, e il campo.

Anche il viaggio di Dante termina con la contemplazione del volto divino, che però Dante non ricorda, non riesce a descrivere con parole umane: «*A l'alta fantasia qui mancò possa*». A Garlando accade lo stesso: «Un gran bagliore mi ricordo solo,/ poi credo proprio di essere svenuto./ Mi risvegliai nel parco di Sassuolo...».

Ovviamente Luigi non si è trasformato in Dante: il libro è giocato sul filo del sorriso e dell'ironia. Ma una cosa lo accomuna davvero al più grande poeta che l'umanità abbia mai avuto. In *Nel mezzo del pallon di nostra vita*, proprio come nel verso che apre la *Divina Commedia*, la parola chiave è «nostra». L'autore ci dice fin da subito che la storia parla di noi: «*De te fabula narratur*», il libro ci riguarda, ci interessa, risveglia le nostre passioni di ragazzi, ci fa piangere e ridere, discutere e riconciliarci.

Come la vita.

NEL MEZZO DEL PALLON DI NOSTRA VITA

A Candido,
il mio Virgilio

Nota dell'autore

Dante Alighieri è stato come la compagna delle elementari che perdi di vista, ritrovi al liceo e ti fa girare la testa. Il primo incontro, al ginnasio, non è stato un colpo di fulmine, anzi... Materia di studio impegnativa che si faceva sempre più noiosa, man mano che si saliva verso un cielo rarefatto di teologia. All'università, nel corso di Filologia dantesca che ho biennalizzato, è scoppiato l'amore, affascinato dai personaggi e dalla poesia della *Divina Commedia*, ma ancora di più dalla disinvoltura linguistica con cui Dante riesce a dissertare di tutto, anche di alta filosofia, senza risentire minimamente della gabbia metrica. Come suonare il violino sulle montagne russe.

L'amore ha lasciato il posto a un'amicizia solida che mi ha accompagnato negli anni, tra approfondimenti e riletture, e si è declinata nel tempo in due curiose forme di devozione. La prima: una collezione della *Divina Commedia* in tutte le lingue del mondo. Approfittando del mio mestiere di giornalista sportivo che pratico da oltre trent'anni e che mi porta frequentemente in trasferta, ogni volta che sono capitato in una città straniera, sono andato a caccia di edizioni locali. Oggi ne ho in casa una settantina, accanto alle edizioni antiche, in tutti gli idiomi e in tutti i caratteri: cirillico, arabo, giapponese, finlandese... Seconda forma di devozione: la scrittura in terzine dantesche che, detto con il massimo rispetto per il Sommo Vate, mi riserva da tempo un piacere enigmistico: incatenare le rime, calibrare l'endecasillabo, smanettare il verso come il cubo di Rubik.

Il più delle volte l'ho fatto per divertimento, una volta come regalo di nozze (un canto paradisiaco) a una coppia di amici, un'altra per la *Gazzetta dello Sport*, il mio giornale. Candido Cannavò, lo storico direttore che mi assunse, mi voleva così bene (ricambiato) da consentirmi quella follia: una pagina rosa in cui Dante strigliava una Fiorentina in crisi, naturalmente in terzine.

Ho fatto tornare in vita il Sommo Poeta, a Firenze, in occasione delle celebrazioni dei settecento anni dalla sua scomparsa. *Vai all'inferno, Dante!* (Rizzoli, 2021) è stato il mio regalo di compleanno a un amico. L'Alighieri attraversa le cinquecento pagine del romanzo per ragazzi, ambientato ai nostri giorni, parlando solo in terzine.

Tutto questo per spiegare che ero sufficientemente allenato per l'opera che avete in mano e che io avevo in testa da anni: la *Divina Commedia* del mio mondo, quello del calcio.

Struttura e spirito dell'opera

Mi servivano un Dante e un Virgilio prima di costruire l'aldilà in cui calare giocatori e allenatori. Ho immaginato Roberto De Zerbi, tecnico rampante, caduto in una selva oscura. Perché? Perché nella mia finzione poetica il suo bel calcio è passato di moda, a vantaggio di un gioco più utilitaristico, e si ritrova senza squadra e senza prospettive. Gli viene in soccorso il saggio Nils Liedholm, cultore del bel *joco*, come diceva lui in quella sua bella lingua spuria italo-svedese, che gli propone un viaggio ultraterreno per ritrovare entusiasmo e motivazioni, grazie all'incontro con i calciatori e gli allenatori più prestigiosi della storia. I due pellegrini incontrano anche giocatori e mister in attività che in vita possono migliorare la propria destinazione provvisoria.

Ho giocato sulla contrapposizione mediatica divampata di recente tra i Giochisti, cultori di calcio divertente, ben rappresentati da De Zerbi, e i Risultatisti, che riconoscono nella vittoria l'unico valore e hanno in Massimiliano Allegri uno degli esponenti più combattivi. Ma, attenzione, ho precisato: «Ho giocato». Leggete bene la scritta all'ingresso di questo libro: «Lasciate ogni rancore voi che entrate». Questa non è una guerra di religione e neppure un processo livido con condannati e assolti. È solamente un gioco, una goliardica rappresentazione teatrale in cui ognuno indossa una maschera occasionale. E, come tale, è inutile spulciare chi c'è e chi manca e dissertare più di tanto se colpe e meriti son ben riconosciuti. Questo libro è tre in uno: romanzo corale tra inferno e paradiso; almanacco calcistico, perché il ricco apparato di note fornisce informazioni e aneddoti ricercati; catechismo etico, perché alla fine vengono a galla i valori che sono il cuore di questo magnifico sport: fairplay, rispetto, lealtà, passione, inclusione, generosità. Vi auguro di divertirvi a leggerlo, come io mi sono divertito a scriverlo.

Metrica

Mi sono attenuto, di massima, alle regole dell'endecasillabo e della terzina dantesca, a rima incatenata: undici sillabe, dieci se l'ultima parola è tronca, dodici se sdrucciola. Conteggio con sinalefe: fusione in una sola sillaba della vocale finale di una parola con la vocale iniziale della parola seguente *(... uscimmo-a riveder le stelle)*. Accento sulla sesta sillaba (*Nel/ mez/zo /del/ cam/mìn*) o sulla quarta (*Mi/ ri/tro/vài*) per assicurare musicalità al verso. E, proprio in nome della musicalità, per privilegiare l'armonia di lettura, ci siamo presi qualche licenza poetica. Per esempio, contando pronomi come «mio», «tuo» e la parola «dio» come una sillaba e non due, pur essendo iato e non dittongo. Come dicono i mister: libertà all'interno di uno schema. Anche Dante, nella *Commedia*, si è preso le sue licenze metriche. Sono quasi certo che mi perdonerà. In caso contrario, Minosse (o Collina) mi faranno sapere dove espiare.

L.G.
ottobre 2024

INFERNO

CANTO I
Prologo

LIEDHOLM PROPONE A DE ZERBI, DISOCCUPATO E IN CRISI,
UN VIAGGIO NELL'ALDILÀ DEL CALCIO.
COLLINA, IN VESTE DI MINOSSE, INDICA LA STRADA

Nel mezzo del giardino di Sassuolo
io me ne stavo sopra una panchina
a legger la *Gazzetta* tutto solo.

«Real Madrid, fantastica cinquina!»
strillava il titolone del giornale
che dava a Max[1] legittima vetrina:

«Allegri, quinta Liga! Eccezionale!».
In quel momento si sedette accanto
un uomo che mi salutò cordiale.

[1] **Max** – Massimiliano Allegri (Livorno, 11-8-67). Centrocampista di Pisa, Pescara, Cagliari, Perugia e Napoli. Allenatore dal 2003 (Aglianese), ha vinto uno scudetto con il Milan (2010-11), 5 con la Juve (2014-19), 5 Coppe Italia (Juve) e 3 Supercoppe italiane (una con il Milan, 2 con la Juve).

Avea età di chi ha vissuto tanto,
alta statura e tenero sorriso
di un nonno buono che consola il pianto.

«Che gran barbone ti ricopre il viso…
Fai l'eremita, non sei più guerriero?
Getti la spugna, Robi?[2] L'hai deciso?»

Quelle parole aprivano un mistero:
«Ci conosciamo noi? Chiedo perdono…
Io non ricordo, a essere sincero».

«Non ti crucciar, se non vedi chi sono.
Vuole così Chi mi ha mandato in loco
e che del calcio ben ci ha fatto dono.

Saper ti basti che insegnai il bel *joco*.
Roma e Milano ancor ne hanno memoria.»
A sentir «*joco*», mi s'accese un fuoco!

[2] **Robi** – Roberto De Zerbi (Brescia, 6-6-79). Trequartista cresciuto nel Milan, ha giocato, tra l'altro, con Foggia, Catania e Napoli. Allenatore dal 2013, ha guidato Foggia, Palermo, Benevento, Sassuolo, Shakhtar Donetsk, Brighton e Marsiglia. Lo troviamo su una panchina di Sassuolo, città la cui squadra è stata il suo trampolino professionale.

«Ma lei è Nils![3] Un grande della Storia!
Il Sacro Patriarca dei Giochisti[4]
che osavan palleggiar verso la gloria,

prima del regno degli Allegri tristi.
Che gioia, Maestro... Un abbraccio, posso?»
E lui freddino: «Se proprio insisti...».

«Perché lei è ritornato in carne e osso?»
Al saggio Nils proposi la questione.
La sua risposta mi tinse di rosso.

«Perché non sei ancora da pensione.
È presto per la panca di un giardino.
Devi tornar a fare la lezione.

Il calcio vive un gran brutto declino.
Da tempo non è più l'antico spasso.
Perfino i 10 han piedi da terzino.

[3] **Nils** – Nils Liedholm (Valdemarsvik, Svezia, 8-10-22 – Cuccaro Monferrato, 5-11-07). Centrocampista del Milan (4 scudetti) e della Nazionale svedese (oro olimpico nel '48, vicecampione del mondo nel '58). Allenatore dal '61, ha vinto uno scudetto con il Milan (1978-79) e uno con la Roma (1982-83).

[4] **Giochisti** – La critica sportiva italiana ha esasperato la distinzione tra due chiese calcistiche: quella dei Giochisti, appunto, cioè degli allenatori che ricercano il risultato attraverso il bel gioco, di cui De Zerbi è considerato un esponente di punta, e quella dei Risultatisti, che badano esclusivamente al risultato, anche a costo di difendersi a oltranza e rinunciare al gioco. Di questa scuola è rappresentante Max Allegri, teorico del corto muso.

Robi, ritorna a costruir dal basso.»[5]
Così risposi, fiero e un po' confuso:
«Grazie, Maestro, ma non son più al passo...

Ormai da tempo cadde in gran disuso
il bel giocare che insegnavo io.
Ora si vince sol di corto muso.

E chi lo fa poi passa per dio.
Si chiama corner lo schema vincente.
Oggi dal basso fan solo il rinvio».

«Ma non è questo il calcio della gente,
questo non vuole il dio che regna il *joco*.
Da te lo scoprirai direttamente.

Vedrai dannati ardere nel fuoco
incontrerai i più santi allenatori.
Sarò tua guida nel divino loco

che ti restituirà gli antichi ardori.
Le quattro in punto, qui comincia il volo.»
Io non nascosi tutti i miei timori:

[5] **costruir dal basso** – È il fiore all'occhiello dei Giochisti e di De Zerbi in particolare: cominciare l'azione dalla propria area di rigore e portare avanti la palla con passaggi corti, rinunciando ai lanci lunghi, sfruttando la superiorità numerica in ogni zona del campo.

«Barone,[6] aspetti, un momentino solo…
Non sono pronto per quell'altro mondo.
Poi c'ho il dentista proprio qui a Sassuolo…»

«Fidati, Robi. Durerà un secondo.
Quei giapponesi vengono da Kyoto.
Or s'avvicina il tipo più rotondo,

ti chiederà di far loro una foto.
Il viaggio inizia quando premi il dito.
Il tempo cesserà ogni suo moto.

Quando fai click, il volo è già finito.»
Accadde tutto come avea predetto.
Scattai la foto e il mondo era sparito.

Ora volavo in alto su ogni tetto
con il mio cuore gonfio d'emozione
che mi batteva forte dentro il petto.

Poi noi svoltammo verso quel pallone
che roteava in mezzo ad altre sfere,
non lungi dal pianeta di Plutone.

La palla era a caselle bianche e nere
come s'usava nei tempi passati.
«In quelle chiare tu potrai vedere

[6] **Barone** – Era il soprannome di Nils Liedholm, per la sua signorilità e i suoi modi eleganti. Sua moglie era nobile per davvero: contessa Maria Lucia Gabotto di Sangiovanni.

le anime pie, nelle altre i vil dannati»
mi spiegò Nils prima della planata
che sani e salvi ci ha depositati

proprio davanti a una testa pelata.
Non mi aspettavo di trovar Collina...[7]
La sua espression mi parve incavolata:

«Non ti è permessa la città divina!
È troppo presto, qui c'è un errore.
Sei fuorigioco!». E alzò la bandierina.

Più che paura, mi prese il terrore,
ma lo Maestro mi venne in aiuto:
«Chetati pure, gran designatore.

Il dio del calcio così ha voluto:
tu fai Minosse e io faccio Virgilio.
Sappi che Robi qui è benvenuto.

E dato che decidi il domicilio
ove staranno le anime in eterno,
ti prego di fornirci buon consiglio:

[7] **Collina** – Pierluigi Collina (Bologna, 13-2-60), nominato dal 1998 al 2003 miglior arbitro del mondo. Tra le partite più importanti che ha diretto, la finale di Champions League '99 e quella del Mondiale 2002. Terminata la carriera in campo (2005), è diventato designatore arbitrale di Serie A e B e quindi massimo dirigente degli arbitri di Uefa e Fifa. Maschera iconica in tutto il mondo, Collina è apparso in un anime di *Holly & Benji*, in un video di Giorgia e in uno di George Michael. Per la sua esperienza di designatore, gli vengono affidati qui compiti da Minosse: indica alle anime la loro destinazione.

da dove cominciam? Ben non discerno».
Il re dei fischi: «Ora consulto Irrati».[8]
Scrutò il Var, poi sentenziò: «Inferno!

Per arrivar nel cielo dei beati
vi tocca attraversar fiamme e lamenti
dove si scontano tutti i peccati.

Partite dalla bolgia dei violenti
Lì troverete i gran randellatori
che entravano a due piedi anche sui denti.

Quanti ai miei tempi ne ho cacciati fuori…».
C'era una scritta appesa alle inferriate,
il benvenuto ai rudi difensori:

«Lasciate ogni speranza voi che entrate
sulle caviglie e non per il pallone».
Urlacci e sangue, membra lacerate…

Se penso a quel che vidi oltre il portone
ancor mi si rivolta l'intestino.
Mi rincuorò la voce del Barone:

«Robi, sei qui per il voler divino.
Nessuno ti sfiorerà un capello.
Ora dialogherai con un terzino

[8] **Irrati** – Massimiliano Irrati (Firenze, 27-6-79). Arbitro della sezione di Pistoia, ha esordito in Serie A nel 2013. Negli anni si è specializzato come Video Assistant Referee (Var). In questa veste, ha partecipato al Mondiale 2018 e agli ultimi due Europei.

che tutto ti dirà di quest'ostello
dove si purga chi ha causato male.
Dalla regione vien d'Alberobello.

In terra lo chiamavano 'O Animale».

CANTO II
Calciatori violenti

VENGONO SBRANATI DA CANI FEROCI.
DE ZERBI INCONTRA GOIKOETXEA E PASQUALE BRUNO

Tenea un pallone ogni giocatore
e lo spingeva verso il centrocampo
ma non giungeva in area di rigore

perché braccato presto, e senza scampo,
da cagnacci famelici e ringhianti
che se lo divoravano in un lampo.

Ho visto gole aperte e sanguinanti
caviglie maciullate fino all'osso
con orridi latrati e urla strazianti.

Ma tolta che gli fu la carne addosso,
di colpo riprendeva corpo sano
e a correre tornava a più non posso

cercando di sfuggire ai cani invano.
«Così gli toccherà fare in eterno»
lo duca mio svelò l'arcano.

«Questo sarà per sempre il loro inferno.
Il contrappasso, Robi, l'indovini.»
«Credo di sì, mister, se ben discerno.

In vita li chiamavano mastini
e mordevano i poveri attaccanti,
qui sono pasto di veri mastini.

Come costui che vedo qui davanti.
Me lo ricordo contro il Barcellona,
non difendeva certo con i guanti.

È proprio Goiko[1] o sbaglio la persona?»
Non mi rispose Nils ma un animale…
«*Chillo! Chillo! 'O chianchiere*[2] *'e Maradona.*[3]

[1] **Goiko** – Andoni Goikoetxea (Alonsotegi, 23-5-56). Difensore basco dell'Athletic Bilbao e dell'Atlético Madrid. Il 24-9-83, al Camp Nou di Barcellona, con un'entrata criminale, fratturò la caviglia di Maradona in tre punti. Prese 18 giornate di squalifica. Da allora è noto come il Macellaio di Bilbao. *The Times* lo ha eletto il più cattivo giocatore della storia del calcio.
[2] **chianchiere** – Un tempo, a Napoli, la carne veniva tagliata, adagiata ed esposta su un bancone di legno chiamato *planca*, termine che, negli anni, si è trasformato in *chianca*. Di conseguenza, il macellaio è diventato il *chianchiere*.
[3] **Maradona** – Diego Armando Maradona (Lanús, 30-10-60 – Tigre, 25-11-20). Contende a Pelé il trono di miglior calciatore di tutti i tempi. A Napoli, dopo i due scudetti ('87, '90), le coppe e le meraviglie che ha regalato, non hanno dubbi. Al D10S hanno dedicato anche un culto, la Chiesa Maradoniana. Per questo i mastini napoletani dell'inferno ne difendono la memoria definendo *chianchiere* (macellaio in idioma partenopeo) il malcapitato Goikoetxea. Nessun dubbio neanche in Argentina cui il Pibe de Oro regalò un Mondiale indimenticabile (Messico '86) e due gol all'Inghilterra: uno in dribbling a tutto campo, considerato il più bello della storia, l'altro di mano, il più goduto in patria.

Il killer di Bilbao, *'o criminale*
che spezzò Diego con dolori immani
e lo spedì per giorni all'ospedale.

Per questo lo straziam oggi e domani.
Un privilegio che ci ha dato dio:
perché mastini siam, napoletani!

A Goiko non lo salva Padre Pio…
Chieda, Dottò, siam razza generosa.
Bruscolotti[4] è il nome mio.

Ricordo, lei giocò col Pampa Sosa.»[5]
La zampa che mi porse era imponente.
Io gliela strinsi, poi chiesi una cosa:

«Una curiosità. Tra questa gente
posso veder atleti d'eccezione?».
Rispose Bruscolotti: «Certamente.

Quel tipo lì, ridotto a polpettone,
con babbo Haaland fece una lite nera.
Per quattro anni attese l'occasione,

[4] **Bruscolotti** – Giuseppe Bruscolotti (Sassano, 1-6-51). Difensore del Napoli dal 1972 e al 1988. Soprannominato *Palo 'e fierro* (Palo di ferro) per la sua forza. Mastino irriducibile, come i cani infernali che braccano i dannati.

[5] **Pampa Sosa** – Roberto Carlos Sosa (Santa Rosa, 24-1-75), detto *El Pampa*, dalla regione d'origine. Ex attaccante argentino del Napoli dal 2004 al 2008. Giocò con De Zerbi dal 2006 al 2008.

poi gli spezzò la gamba e la carriera.
Mai si pentì, anzi ne menò vanto.
Si chiama Roy,[6] un ceffo da galera.

Romeo[7] dei canarini amava il canto.
Per loro aveva fini sentimenti
ma con Liguori poi andò allo schianto,

non si salvò nessun dei legamenti.
Il buon Francesco scelse altro lavoro.
Romeo sta qui, a modular lamenti.

Dai canarini ai cani cambia il coro».
Un punto indica: «Guarda là in fondo!
Lo vedi quel che lotta come un toro?

[6] **Roy** – Roy Keane (Cork, 10-8-71). Centrocampista irlandese che ha fatto storia nel Manchester United (1993-06). Nel settembre 1997, Keane restò a terra dopo un contrasto con Alf-Inge Haaland, difensore norvegese del Leeds e padre di Erling, centravanti del Manchester City. Haaland gli urlò di rialzarsi e di non simulare, ma l'irlandese si era rotto i legamenti. Attese la vendetta per quattro anni, come ammise nell'autobiografia. Nell'aprile 2001 si giocò il derby di Manchester: Keane, in un colpo solo, spezzò la gamba e la carriera a papà Haaland che era passato al City.

[7] **Romeo** – Romeo Benetti (Albaredo d'Adige, 20-10-45). Mediano potente che ha giocato, tra l'altro, con Juve, Milan, Roma e Nazionale (Mondiale '78). Gianni Brera lo ribattezzò Maultier, cingolato bellico tedesco. Il 10-1-71 frantumò un ginocchio a Franco Liguori (Bologna) e gli accorciò la carriera. Per *The Sun* è il quarto giocatore più duro della storia. Amava allevare canarini.

Mi sembra lui, ma forse mi confondo…».
Teneva a bada i cani con la testa
come Zidane[8] alla Coppa del Mondo.

«È Matrix,[9] sì. La sua dimora è questa.
Non ama dio chi vuole fare male.
Il gioco che inventò era una festa

[8] **Zidane** – Zinédine Yadiz Zidane, detto Zizou (Marsiglia, 23-6-1972). Famiglia di origine algerina. Centrocampista offensivo, cresciuto nel Cannes e passato al Bordeaux. Qui lo ha pescato la Juve nel 1996. Nei 5 anni in bianconero, ha vinto 2 scudetti, una Supercoppa italiana, una Supercoppa europea e una Coppa Intercontinentale. Nel 2001 si trasferì al Real Madrid per la cifra record di 150 miliardi di lire. Con le Meringhe, vinse una Liga, 2 Supercoppe spagnole, una Champions League, una Coppa Intercontinentale e una Supercoppa europea. Nel 1998 ha vinto il Pallone d'Oro e il Mondiale di Francia, segnando 2 gol al Brasile in finale. Campione d'Europa nel 2000, grazie a un golden-goal di Trezeguet in finale contro l'Italia. Ha chiuso la carriera con la finale mondiale di Berlino nel 2006: sconfitto dall'Italia ed espulso per testata a Materazzi.

[9] **Matrix** – Marco Materazzi (Lecce, 19-8-73). Difensore dell'Inter (2001-11) e della Nazionale (2001-08). Campione del mondo nel 2006, a Berlino. Il sito inglese Talksports.co.uk lo ha inserito nella Top 10 dei più cattivi della storia. Epiche le zuffe con Shevchenko e Ibrahimović che, per vendetta, lo ospedalizzò. Prese a pugni Cirillo (Reggina) nel tunnel di San Siro. La testata al petto che subì da Zidane, espulso, durante la finale del Mondiale 2006, è rimasta iconica. Qui Matrix si difende dai cani infernali con l'arma di Zizou: prendendoli a testate.

e non sala d'attesa d'ospedale.
Zuffe frequenti, da Sheva[10] e Ibra[11] in giù,
attacchi alla sorella del rivale...

E ora i cani inzucca alla Zizou.»
Poi vidi Nobby Stiles,[12] il gran sdentato,
Vinnie Jones,[13] criminale del kung-fu,

[10] **Sheva** – Andrij Mykolajovyč Shevchenko, detto Sheva (Dvirkivščyna, Ucraina, 29-9-1976). Cresciuto nella Dinamo Kiev, sotto la rigida disciplina del colonnello Lobanovs'kyj, è arrivato al Milan ed è diventato presto un idolo dei tifosi. Attaccante tecnico e velocissimo. In rossonero, ha vinto uno scudetto, una Coppa Italia, una Supercoppa italiana, una Champions League e una Supercoppa europea. Il rigore decisivo nella finale Champions di Manchester (2003) contro la Juventus, palleggiando più volte lo sguardo tra l'arbitro e Buffon prima di calciare, è divento leggenda. Nel 2006 il passaggio al Chelsea con cui ha vinto una Coppa d'Inghilterra e una Coppa di Lega. Ha chiuso la carriera nella sua Dinamo Kiev (2012). Nel 2004 ha ritirato il Pallone d'oro.
[11] **Ibra** – Zlatan Ibrahimović (Malmö, 3-10-81). Centravanti, fisico e tecnico. È cresciuto nel Malmö, poi ha girato l'Europa e non solo: Ajax, Juve, Inter, Barcellona, Milan, Paris Saint-Germain, Manchester United, LA Galaxy. Ha chiuso la carriera al Milan e ci è rimasto diventando dirigente.
[12] **Nobby Stiles** – Norbert Peter Stiles, detto Nobby (Manchester, 18-5-42 – Manchester, 30-10-20). Centrocampista inglese, campione del mondo nel '66. Mediano da battaglia, piccolo, massiccio, sdentato e miope. Lo chiamavano Nosferatu e Vampiro.
[13] **Vinnie Jones** – Vincent Peter Jones, detto Vinnie (Watford, 5-1-65). Centrocampista gallese che ha militato a lungo in Premier League. Le sue entrate da arte marziale ad altezza ginocchia (una celebre a Cantona) sono considerate i falli peggiori della storia del calcio. Detiene il record di velocità per un cartellino preso: 3". Celebre la foto in cui stringeva i testicoli a Gascoigne alle sue spalle. A fine carriera è diventato attore.

che un dì le palle a Gazza ha ben strizzato,
Barton,[14] Bedoya,[15] Pepe,[16] gran monello,
Gallego,[17] l'argentino spiritato

[14] **Barton** – Joseph Anthony Barton, detto Joey (Liverpool, 2-9-82). Centrocampista inglese. Ha giocato, tra l'altro, con Manchester City, Newcastle, QPR, Marsiglia… Forse il più violento di tutti. Spense una sigaretta nell'occhio di un ragazzo delle giovanili. Tirò un pugno a un compagno procurandogli il distacco della retina: carcere. In una rissa mandò due ragazzi all'ospedale: carcere. In un match contro il City: gomitata a Tévez, espulso, poi pedata ad Agüero e rissa con Kompany e Balotelli. Commento di Massimo Marianella: «È un criminale. Non dovrebbe giocare». Il settimanale *News of the World* lanciò la campagna «Banditelo!».

[15] **Bedoya** – Gerardo Alberto Bedoya Múnera (Ebéjico, 26-11-75). Difensore colombiano, ha giocato anche in Argentina e Messico. Detiene il record mondiale dei cartellini rossi: 45. Quando si ritirò, disse: «Cancellate tutte le immagini dei miei falli. Non voglio che mia figlia le veda».

[16] **Pepe** – Képler Laveran Lima Ferreira (Maceió, 26-2-83), detto Pepe. Difensore brasiliano, naturalizzato portoghese. Per la *Bild*, il più scorretto in circolazione. Una fama di Psycho guadagnata nel tempo. 2009: fallo da rigore su Casquero (Getafe) e, non contento, lo prese a calci a terra. 2012: camminò sulla mano di Messi caduto a terra. 2018: testata al tedesco Müller seduto a terra. I romanisti ricorderanno un fallaccio di Pepe su Mkhitaryan. Ha annunciato il ritiro nell'agosto '24, a 41 anni. Sospirone di sollievo degli attaccanti.

[17] **Gallego** – Américo Gallego (Morteros, 25-4-55). Centrocampista argentino del River Plate e della Nazionale campione del mondo nel '78. Teneva un'unghia sempre lunga che usava come coltello nelle zuffe in mediana.

che usava l'unghia lunga da coltello,
  Paolo Montero,[18] *El Pigna* bianconero,
  e Romero,[19] che pare suo fratello.

Qui chiesi spiegazioni di un mistero:
  «Vedo campioni ancor sotto contratto
  che scontan già un fio ben severo.

Mi pare ingiusto. Come spieghi il fatto?».
  Rispose Bruscolotti: «Provvisoria
  è la collocazione in questo anfratto.

Faccio un esempio preso da Trigoria.
  Se cambia modi Gianluca Mancini,[20]
  se cessa la mania provocatoria,

se più non colleziona cartellini,
  potrà passare perfino tra i beati.
  e abbandonar la bolgia dei mastini.

[18] **Montero** – Paolo Rónald Montero Iglesias (Montevideo, 3-9-71). Difensore uruguaiano, ha militato nella Juve dal 1996 al 2005. Detiene il record di espulsioni in Serie A: 16. Onorò il soprannome, Pigna (Pugno), stendendo l'interista Di Biagio. Due giorni dopo si presentò Gianni Agnelli all'allenamento: «Non mi sei piaciuto, Paolo». Montero si aspettò la predica, invece Agnelli spiegò: «Con un pugno così, avresti dovuto stenderlo».

[19] **Romero** – Cristiano Gabriel Romero (Cordoba, 27-4-98). Difensore argentino, campione del mondo in Qatar. Giocatore elegante, ma anche duro. Nella sua esperienza italiana (Genoa, Atalanta), ha raccolto molti gialli e molti rossi.

[20] **Gianluca Mancini** – Gianluca Mancini (Pontedera, 17-4-96). Cresciuto nel Perugia, è maturato all'Atalanta, poi il trasferimento alla Roma. Ha scelto Materazzi come modello e ne ricalca l'aggressività agonistica. A febbraio 2022 era il giocatore più ammonito d'Europa: 15 gialli.

Ora però ritorno dai dannati.
Già troppa tregua qui si è preso Andoni».
Con gli occhi accesi che hanno i disperati,

il basco urlò: «Chiedi che mi perdoni!
Diego lo fece e non portò rancore.
Mi son pentito! Ora sto coi buoni...».

Ma il branco azzannò il difensore:
da macellaio a carne da macello.
Tutti cantavan: «*Core 'e chistu core!*».

«Leone fui e non divento agnello!
Non ti aspettar che io ti chieda aiuto,
piccolo Sacchi[21] che predichi il bello.

Puoi ritornar da dove sei venuto.
Io son di Lecce,[22] tu stavi col Foggia.
Come potrei mai darti il benvenuto?

[21] **Sacchi** – Arrigo Sacchi (Fusignano, 1-4-46). Due volte campione d'Europa e del mondo con il Milan degli Immortali, eletta squadra di club più forte della storia. C.t. della Nazionale dal '91 al '96: secondo al Mondiale di Usa '94. Con il pressing e un nuovo spirito offensivo, ha rifondato il calcio portandolo nel futuro. Patriarca dei Giochisti, Sacchi si è scontrato più volte in tv con il Risultatista Allegri. Non si amano.

[22] **Io son di Lecce** – Pasquale Bruno (San Donato di Lecce, 19-6-62). Difensore feroce di Como, Juve, Torino, Fiorentina. È stato la bandiera del Lecce dal 1979 al 1983, perciò tiene le distanze da De Zerbi che ha militato nel Foggia dal 2002 al 2004 e lo ha allenato dal 2014 al 2016. Rivalità di campanile.

Solo una cosa posso dirti: sloggia!»
Così mi accolse Bruno, l'Animale,[23]
come chi l'odio a un nemico sfoggia. 105

Al che risposi: «T'ho mai fatto male?».
E lui a me: «L'hai fatto al ruolo mio!
Lo vedi un difensor come Pasquale? 108

Chi mira la tribuna col rinvio?
Questa follia del costruir dal basso!
Poi perdon palla e al risultato addio… 111

La zona ha procurato uno sconquasso.
Si è persa l'arte del marcare stretto,
per l'attaccante oggi è un vero spasso. 114

[23] **l'Animale** – Il soprannome glielo affibbiò alla Juve il compagno di squadra Roberto Tricella, per allusione a un altro Pasquale, il camorrista Barra, detto appunto *'O Animale*. Alla Juve ha vinto la Coppa Uefa 1989-90. Considerato uno dei difensori più duri della storia del campionato, in un derby mollò una gomitata allo juventino Casiraghi e venne espulso dopo un quarto d'ora. Ci vollero una decina di compagni per fermarlo: otto turni di squalifica.

Ai tempi miei, invece, poveretto...
  Che randellate davo agli Altobelli![24]
  Van Basten[25] mi sfotté con un balletto.[26]

Gli corsi dietro, gli tirai i capelli:
  "Ora vedrai: ti spezzo la carriera!".
  Fuori scappò come i conigli imbelli...

[24] **Altobelli** – Alessandro Altobelli, detto Spillo (Sonnino, 28-11-1955). Centravanti alto e sottile, dotato di buona tecnica e abilità aerea. Dalle giovanili del Latina al Brescia e all'Inter (1977), di cui è diventato bandiera e capitano. In 466 partite, ha segnato 209 gol, secondo solo a Meazza (284) nella storia del club. Nessun interista ha segnato più di lui nelle competizioni Uefa: 35 reti. In nerazzurro ha vinto uno scudetto e 2 Coppe Italia. Passato alla Juve nel 1988, ha chiuso la stagione al Brescia (1990). È stato campione del mondo in Spagna, nell'82: suo l'ultimo gol alla Germania in finale (3-1), scartando il portiere Schumacher.
[25] **Van Basten** – Marcel Van Basten, detto Marco (Utrecht, 31-10-64). Considerato il più forte centravanti della storia del calcio. Realizzatore spietato, tecnicamente sublime. Per le sue movenze eleganti, era chiamato il Cigno di Utrecht. Esaltò il Milan Immortale di Arrigo Sacchi e vinse anche con quello Invincibile di Fabio Capello. Tre volte Pallone d'oro: '88, '89, '92. Purtroppo, dovette ritirarsi a soli 30 anni, nell'estate del '95, per problemi alla caviglia.
[26] **un balletto** – Era il 26-2-92, partita di Coppa Italia, Torino-Milan: Bruno fece un autogol e Van Basten, mentre il difensore granata era a terra, mimò un balletto di scherno. Pasquale lo rincorse e gli afferrò i capelli: «Ora ti spezzo la carriera». Capello pensò bene di sostituire il suo centravanti.

Vialli no, lui era di tempra vera.
Odiavo Baggio[27] e l'ho pure menato.
Per me difender era una frontiera:

molla la palla o tu sei condannato.
Per me il bel calcio è questa resistenza,
protegger la mia porta da soldato».

Qui Nils fece sentir la sua presenza:
«Caro Pasquale, tu sei nell'errore.
Non ci può esser sport, se c'è violenza.

Può farne a meno pure il difensore.
Io sono stato a lanciar Maldini[28]
che alla battaglia andava con un fiore».

[27] **Baggio** – Roberto Baggio (Caldogno, 18-2-67). Pallone d'oro nel '93, ribattezzato Raffaello da Gianni Agnelli, è stato uno dei numeri 10 più amati della nostra storia. Ha vestito le maglie dei tre grandi club storici: Juventus (1990-95), Milan (1995-97) e Inter (1998-00), ha regalato anche gioia a Firenze (1985-90) e in provincia; Vicenza (1982-85), Bologna (1997-98) e Brescia (2000-04). Ha partecipato a 3 Mondiali di calcio, protagonista nelle notti magiche di Italia '90 e soprattutto a Usa '94, dove con i suoi gol trascinò gli azzurri in finale. Il Codino ha vinto 2 scudetti (Juve, Milan), una Coppa Uefa (Juve), e una Coppa Italia (Juve). Pasquale Bruno ha raccontato: «Baggio mi insultava, più parlava, più lo menavo. Ma era il più forte di tutti. In un derby mi fece un gol pazzesco, con una finta mi mandò a rotolare sotto la Maratona…».
[28] **lanciar Maldini** – Nils Liedholm fece debuttare il sedicenne Paolo Maldini (vedi nota 1, p. 178) in Serie A il 20-1-85, a Udine: Udinese-Milan. Prima di mandarlo in campo, per metterlo a suo agio, gli chiese: «Vuoi giocare a destra o a sinistra?». Come si fa all'oratorio.

«Predestinato fin dai pannolini...»
Bruno chiosò con acido sorriso.
«Troppo diversi i nostri due destini.

Lui lo ritroverete in paradiso.
Io resto qui, in mezzo a questi cani,
lottiamo e ci prendiamo per il viso.

Sanno marcare meglio degli umani.»
Di colpo fu aggredito da un mastino,
Bruno gli strinse il collo tra le mani.

L'unico ribelle al suo destino,
eroico in quella bolgia disperata.
Per un istante mi parve divino.[29]

[29] **divino** – Pasquale Bruno, che non implora aiuto come Goiko e accetta con orgoglio il suo destino, si eleva dallo scenario infernale, come il Farinata dantesco che aveva l'inferno «in gran dispitto». Agli occhi di De Zerbi appare quasi divino.

CANTO III
Simulatori e cascatori

DEVONO TUFFARSI IN ETERNO IN UNA PISCINA DI PESCECANI.
LO SFOGO DI PAVEL NEDVED

Sbucammo in un giardino delizioso,
prato all'inglese, tra alberi di pesco
un canto d'usignolo e un silenzioso

volteggio di farfalle. Un vento fresco
dava sollievo al gran calore estivo.
«A credere sia inferno non riesco...»

dissi al Maestro con cuore giulivo.
Di quella pace sentivo il bisogno
dopo l'orror dal quale provenivo.

«A chiederlo un pochino mi vergogno.
Ma se potessi far 'na nuotatina»
provai a buttare lì «sarebbe un sogno.»

«Roberto, lascia stare la piscina
ora il perché lo scoprirai da solo»
rispose il gran Signor della panchina.

Sul trampolino, pronto per il volo,
un tale stava in cuffia bianca e nera.
Lo sguardo alzammo, noi seduti al suolo.

Lui si piegò, tolse la canottiera,
lanciò un'occhiata all'acqua di sotto,
unì le mani come per preghiera

e si tuffò a guisa di Cagnotto.[1]
Soltanto allor mi accorsi dello squalo.
Se lo mangiò com' un bell'agnolotto.

«Grazie, Maestro, in vasca non mi calo...»
L'acqua si tinse del colore rosso.
Il pescecane, come unico regalo,

restituì la cuffia e un qualche osso
del poveraccio appena fatto fuori.
«Saper dove noi siam, Maestro, posso?»

«Sei nella bolgia dei simulatori.
In area si tuffavano per scherno
per procurarsi falli e dei rigori.

Dovran perciò tuffarsi per l'eterno
e farsi triturare in mezzo ai denti.
Si sono meritati questo inferno.»

[1] **Cagnotto** – Giorgio Cagnotto (Torino, 2-6-47), il più titolato tuffatore italiano, dopo Klaus Dibiasi: 2 argenti e 2 bronzi alle Olimpiadi, un bronzo ai Mondiali, un oro, 2 argenti e 2 bronzi agli Europei. Padre di Tania, anche lei campionessa di tuffi.

Come successe ai calciator violenti
il tuffator riprese nuova vita
per poi poter soffrire altri tormenti.

Infatti l'acqua ritornò pulita
e il tizio riaffiorò con le ossa a posto.
Si pettinava, biondo, con le dita.

«Sei tu quel Nedved,[2] medianone tosto
che tanto ha corso per la sua Signora?»
«Per quel che ho corso e vinto» m'ha risposto

«io dovrei star in ben altra dimora.
Sbagliò Collina la designazione.
Gli arbitri contro io non ce li ho da ora...»

La duca mio gli diede spiegazione:
«Forse perché cadevi sempre in terra
e amavi tanto la recitazione.

È dio che ha deciso e dio non erra.
È lui che in questa bolgia ti ha mandato».
Il ceco ci mostrò occhi da guerra:

[2] **Nedved** – Pavel Nedved (Cheb, 30-8-72). Centrocampista di buona tecnica e grande tempra agonistica. Pallone d'oro nel 2003. Con la Lazio (1996-01) ha vinto uno scudetto, una Coppa delle Coppe, una Supercoppa europea, 2 Supercoppe italiane, 2 Coppe Italia; con la Juve (2001-09): 2 scudetti, 2 Supercoppe italiane. Secondo a Euro '96 con la sua Nazionale.

«In vita mia io mai ho simulato!
Onesto sempre fui nel mio lavoro!
Cadevo se mi avevano scalciato.

State parlando a un Pallone d'oro!».
«Però ricordo io di un Juve-Roma...[3]
Tu caricasti forte, come un toro,

a terra sei crollato, tipo in coma,
senza il minimo fallo di Cufré.
Un'interpretazione da diploma.

Poi ti rialzasti e per tre volte tre
urlasti forte: "Giusto! Giusto! Giusto!".
Correva l'anno del 2003.

A Totti[4] parve di cattivo gusto
l'aureo pallone nello stesso anno.»
Pavel a Nils con occhi da disgusto:

«Nemmen la tombola di Capodanno
il Pupo ha vinto nella sua carriera!
Vabbe', ho simulato qualche danno,

[3] **un Juve-Roma** – Juve-Roma 2-1, il 19-4-03. Al 30' del primo tempo, sullo 0-0, Nedved entrò in area, passò tra l'argentino Cufré e il brasiliano Aldair e si lasciò cadere. Lo juventino urlò per tre volte: «Giusto!». Era l'anno del Pallone d'oro. Totti commentò secco: «Non lo meritava». Pasquale Bruno ci mise il carico: «Nedved è il Pallone d'oro dei tuffatori».
[4] **Totti** – Francesco Totti (Roma, 27-9-76), leggenda della Roma dal 1992 al 2017. Uno scudetto, 2 Coppe Italia, 2 Supercoppe italiane. Campione del mondo con l'Italia nel 2006. Il «Pupone» più amato nell'Urbe.

ma, a ben guardare, che gran peccato era?
Anche la finta in fondo è finzione,
ma chi la piazza mica va in galera.

Prometto destra e cambio direzione.
Come Del Piero[5] che ingannava Nesta,[6]
e tutti lo acclamavano campione,

così ingannavo io il Paparesta».[7]
E qui mi prese un gran risentimento:
«Ma cosa dici? Sei fuori di testa?

La finta è ligia al regolamento!».
Perse le staffe il cocco di Raiola:[8]
«Certo che simulai ma non mi pento!

[5] **Del Piero** – Alessandro Del Piero (Conegliano, 9-11-74). Bandiera della Juve dal 1993 al 2012. In bianconero ha vinto 6 scudetti, una Champions League, una Coppa Intercontinentale, una Supercoppa europea, 4 Supercoppe italiane, una Coppa Italia. Campione del mondo con l'Italia nel 2006. Per l'Avvocato Agnelli era Pinturicchio.
[6] **Nesta** – Alessandro Nesta (Roma, 19-3-76). Difensore della Lazio (1993-02) e del Milan (2002-12). Alla Lazio ha vinto uno scudetto, una Coppa delle Coppe, una Supercoppa europea, 2 Supercoppe italiane, 2 Coppe Italia. Al Milan: 2 scudetti, 2 Champions League, un Mondiale per club, 2 Supercoppe europee, 2 Supercoppe italiane, una Coppa Italia. Campione del mondo con l'Italia nel 2006.
[7] **Paparesta** – Gianluca Paparesta (Bari, 25-5-69). Figlio d'arte, ha arbitrato in Serie A dal 1997 al 2008. Era solito dirigere con un fischietto blu.
[8] **Raiola** – Mino Raiola (Nocera Inferiore, 4-11-67 – Milano, 30-4-22), agente di Nedved, è stato uno dei più potenti procuratori sportivi italiani.

E sai perché, copione di Guardiola?[9]
Perché nel calcio conta il risultato
e chi non vince resterà una sòla!».

Ancor ricordo quanto forte ha urlato,
ben più di quanto usava l'arrotino
per avvisare d'essere arrivato

ad affilar coltello e coltellino
con la sua mola sulla bicicletta.
Lo duca mio: «Torna sul trampolino!

In vasca c'è lo squalo che ti aspetta».
Un tale con la benda da pirata
stava salendo lungo la scaletta

pronto a tuffarsi nell'acqua salata.
«Caro Maestro, sai dirmi mai chi è
quel tipo con la vista dimezzata?»

[9] **Guardiola** – Josep Guardiola, detto Pep (Santpedor, Spagna, 18-1-71). Nel solco nel magistero di Sacchi, raccogliendo l'eredità catalana di Cruijff, Guardiola ha forgiato un Barcellona leggendario (2008-12): 2 Champions League, 2 Mondiali per club, 2 Supercoppe europee. Poi è andato a vincere al Bayern Monaco (2013-16): un Mondiale per club e una Supercoppa europea; e al Manchester City (dal 2016): una Champions League, un Mondiale per club, una Supercoppa europea e spiccioli. Tra i tanti ispirati dalle idee del Pep, anche De Zerbi, per questo Nedved lo definisce «copione».

Lo duca mi svelò: «È Sergio Busquets.[10]
Ricordi quella volta nel Camp Nou?[11]
Sembrava vittima del karaté. 102

Motta[12] fu espulso e lui, sdraiato giù,
sbirciava tutto con un occhio solo.
Ecco perché, qui, non lo riapre più 105

ed in eterno spiccherà il volo».
Nuotava Sergio come fan le rane
ma non riuscì ad approdare al molo: 108

finì inghiottito dal gran pescecane.
C'era Neymar,[13] in coda a bordo vasca,
che spesso implode come fan le frane 111

[10] **Sergio Busquets** – Sergio Busquets (Sabadell, 16-7-88). Centrocampista del Barcellona dal 2008 al 2023. Ha vinto, tra l'altro, 3 Champions League, 3 Mondiali per club e 9 volte la Liga spagnola. Campione del mondo con la Spagna nel 2010.

[11] **Camp Nou** – Barcellona-Inter 1-0, semifinale di Champions League, 28-4-10. Busquets enfatizzò un fallo di Thiago Motta, che fu espulso. Le telecamere sorpresero lo spagnolo sdraiato a terra che controllava, con un occhio aperto, se la sua sceneggiata fosse andata a segno.

[12] **Motta** – Vedi nota 32, p. 173.

[13] **Neymar** – Neymar da Silva Santos Júnior (Mogi das Cruzes, 5-2-92). Talentuoso attaccante brasiliano che ha vestito le maglie di Santos, Barcellona e Psg. È considerato uno dei massimi simulatori della storia, le sue sceneggiate sono diventate un videogame.

e poi Cuadrado[14] che nell'area casca.
Vidi tra gli altri anche il Pistolero[15]
che per avere un passaporto in tasca 114

tentò di fare l'italiano vero.[16]
«Andiamo, Robi, imbocca la discesa.
Seguimi al passo su questo sentiero 117

e non scordare la lezione appresa:
lo squalo, Pavel e ciò che adesso vedi.
Se dici tutto a Federico Chiesa,[17] 120

scommetto resterà di più in piedi.»

[14] **Cuadrado** – Juan Guillermo Cuadrado Bello (Necoclí, 26-5-88). Difensore e centrocampista colombiano, ha giocato nell'Udinese, nel Lecce e nella Fiorentina, prima di approdare alla Juventus (2015-23) con cui ha vinto 5 scudetti, 4 Coppe Italia e 2 Supercoppe italiane. È considerato il più talentuoso simulatore del calcio moderno.

[15] **Pistolero** – È il soprannome di Luis Alberto Suárez Díaz (Salto, 24-1-87), attaccante uruguaiano, che festeggiava i gol mimando una pistola. Ha giocato, tra l'altro, con Ajax, Liverpool, Barcellona e Atlético Madrid. Qui si fa riferimento all'esame farsa all'Università di Perugia con cui Suárez cercò di procurarsi un passaporto italiano per poter passare alla Juve. La pratica è finita in tribunale.

[16] **l'italiano vero** – De Zerbi probabilmente allude alla popolare canzone di Toto Cutugno (Fosdinovo, 7-7-43 – Milano, 22-8-23), *L'italiano*, quinta al Festival di Sanremo del 1983.

[17] **Chiesa** – Federico Chiesa (Genova, 25-10-97). Attaccante della Fiorentina, della Juventus e del Liverpool. Campione d'Europa con l'Italia nel 2021. Gasperini, allenatore dell'Atalanta, è stato il più duro a rimproverargli le simulazioni. Dopo Pasquale Bruno, s'intende: «Chiesa è il capobanda dei simulatori».

CANTO IV
Sperperatori di talento

ATTRAVERSANO UN DESERTO ROVENTE, NON DEVONO SPRECARE LA POCA ACQUA A DISPOSIZIONE. CASSANO E BALOTELLI

Noi si passò in altro scacco nero
e ci trovammo in mezzo ad un deserto.
Ci rosolava il sole come un cero,

un forno incandescente a cielo aperto.
Dune di sabbia fino all'orizzonte.
«Mettiti questo, caro il mio Roberto,

o presto avrai la febbre sulla fronte.»
Posi il berretto sopra i miei capelli
poi ci mettemmo a inseguire impronte

che io pensavo fatte da cammelli,
erano invece impronte di campioni:
Totò Cassano e Mario Balotelli.[1]

[1] **Totò Cassano e Mario Balotelli** – Antonio Cassano (Bari, 12-7-82). Talentuoso attaccante che ha giocato, tra l'altro, con Roma, Real Madrid, Milan e Inter. Ha vinto 2 titoli nazionali (Milan, Real Madrid) e 2 Supercoppe italiane (Roma, Milan). Secondo a Euro '12 con la Nazionale.

Insieme procedevano a carponi,
la lingua fuori come fanno i cani
quando a passeggio vanno coi padroni.

Si fermò Balo, prese tra le mani
una borraccia che poi bevve a boccia.
Cassano lo assalì come un Adani:[2]

«Bestia, che fai? Bevi solo una goccia!
Vuoi proprio fare uscire lo scorpione?
Già che ci sei, fatti pure le doccia!».

Come il buon Gino[3] fece con l'Airone,
la bibita passò da questo a quello:
«Ma non esagerar, moderazione!

Mario Balotelli (Palermo, 12-8-90). Attaccante cresciuto nell'Inter che lo ha fatto debuttare in Serie A a 17 anni, poi giocò nel Manchester City, Milan, Liverpool ed ebbe esperienze in Francia, Svizzera e Turchia. Ha vinto 3 scudetti (Inter) e una Premier (Manchester City). Con i nerazzurri ha conquistato anche una Champions League, una Supercoppa italiana e una Coppa Italia; con il City, una Community Shield e una Coppa d'Inghilterra. Grazie ai suoi gol, l'Italia è arrivata seconda a Euro '12.

[2] **Adani** – Daniele Adani, detto Lele (Correggio, 10-7-74). Difensore di grande temperamento, ha giocato con Lazio, Brescia, Fiorentina, Inter. Poi è diventato un popolare commentatore. Con gli amici Vieri e Cassano ha dato vita alla fortunata *Bobo Tv*. Nel teatrino della trasmissione, Antonio e Lele litigavano spesso. Si spiega così il paragone nel testo.

[3] **buon Gino** – Gino Bartali (Bagno a Ripoli, 18-7-14 – Firenze, 5-5-00), leggenda del ciclismo italiano. Ha vinto 3 Giri d'Italia e 2 Tour de France. Il paragone rievoca il famoso scambio di borraccia tra Bartali e Fausto Coppi, l'Airone, immortalato da un fotografo durante l'ascesa al Galibier al Tour nel '52. L'aggettivo «buon», che l'accompagna, rimanda all'impegno del Ginettaccio durante l'occupazione nazista. Aiutò ottocento ebrei a mettersi in salvo.

che già ti sei bevuto anche il cervello».
Non mi era chiaro quali peccatori
avessero dimora in quell'ostello.

Il patriarca degli allenatori
sciolse il mistero: «In tal calda fornace
scontan la pena gli sperperatori

del bel talento che rende capace
chi lo coltiva con l'allenamento.
Antonio e Mario mai avranno pace,

prediligevano il divertimento.
La punizione può sembrarti oscura:
ognuno deve stare molto attento

a non sprecar un goccio d'acqua pura,
dato che in terra mancò l'attenzione
a non sprecare i doni di natura».

Tutto era chiaro, tranne una questione:
«Perché Cassano indossa il pellicciotto[4]
che lo fece passare per coglione

[4] **pellicciotto** – Nel gennaio 2006, Cassano passò dalla Roma al Real Madrid. Si presentò alla firma con un orribile giubbotto di pelliccia. Emilio Butragueño, dirigente del club spagnolo, non apprezzò e gli chiese di indossare giacca e cravatta il giorno dopo per la presentazione ufficiale. Antonio, per dimostrare subito la sua autonomia, si ripresentò di nuovo con il pellicciotto davanti a cinquecento giornalisti. Il capo poi gli fu rubato.

e Balotelli un termico giubbotto?
Ma non lo soffrono questo calore?».
Ancor spiegò il mio maestro dotto:

«Un'altra punizion del Creatore.
Quello che mai sudarono in partita,
lo sudan qui per espiar l'errore».

Fu allora che, la mia favella udita,
il Balotelli mi porse la mano:
«Ehi, tu che vieni dalla dolce vita,

fammi salire su di qualche piano.
Se tu sei qui, vuol dir che dio ti sente.
Io come te ho l'accento bresciano».

«Raccomandare, qui, non conta niente.
Non spetta a noi portarti del ristoro»
rispose a lui lo duca mio sapiente.

«Talento avevi da Pallone d'oro.
Se solo avessi aggiunto la passione
e la fatica che esige il lavoro

avresti avuto ogni soddisfazione
e adesso abiteresti il bel pianeta.
Ma tu hai ridotto il gioco del pallone

al bancomat per prelevar moneta
da spendere al Paese dei Balocchi.
Or qui non puoi comprar chi ti disseta.

Quanta bellezza, Antonio, nei tuoi tocchi…
Hai ricevuto doti sopraffine
le tue giocate ci rubavan gli occhi,

ma ti ricordi quante merendine
sbranavi di nascosto? Eri un ingordo,
anche in panchina avevi patatine,

tanto che in Spagna ti chiamavan gordo.[5]
Ora digiuni, questo è il contrappasso.»
Cassano s'infuriò: «Quel che ricordo

è che ogni nove diventava un asso
se io gli stavo dietro e lui davanti.
Che cosa importa se poi fossi grasso?

Importa che sfamavo i centravanti,
che i Matri[6] trasformavo in dei Pablito.[7]
Mi meritavo di stare tra i santi

[5] **gordo** – Il comico spagnolo Carlos Latre fece fortuna con l'imitazione di Cassano grasso, in maglia Real, che divorava ciambelle e merendine.
[6] **Matri** – Alessandro Matri (Sant'Angelo Lodigiano, 19-8-84). Attaccante cresciuto nel Milan, ha giocato, tra l'altro, con Cagliari, Juve, Fiorentina, Genoa e Lazio. Qui viene usato come esempio di bomber modesto che Cassano, grazie ai suoi assist, sa trasformare in un centravanti leggendario come Paolo Rossi, eroe del Mondiale '82.
[7] **Pablito** – Paolo Rossi (Prato, 23-9-56 – Siena, 9-12-20). Leggendario centravanti azzurro che con i suoi 6 gol a Spagna '82 trascinò l'Italia al titolo mondiale. Nello stesso anno vinse il Pallone d'oro. Cresciuto nella Juve, ha vestito anche le maglie di Como, Vicenza, Perugia, Milan e Verona. In bianconero ha vinto una Coppa dei Campioni, una Coppa delle Coppe, una Supercoppa europea, una Coppa Italia e 2 scudetti.

conta la classe, mica l'appetito!».
«Anche il rispetto per la professione»
precisò Nils col suo parlar forbito.

E qui sclerò il barese: «Trimone![8]
Ti sei bevuto l'acqua tutta quanta!
Adesso ci becchiamo lo scorpione!».

Si scusò Balo con la faccia affranta:
«A volontà, lo sai, son messo male.
Sognavo di sgolare Coca e Fanta...».

Il sangue mi gelò un animale,
munito di terribili tagliole,
che venne fuori dal suolo infernale.

Con uno scatto morse le due gole.
Urlavano straziati i poveretti
e si squagliaron come neve al sole.

Come di sasso immobile io stetti
cercando quei due che si erano dissolti.
Mi confortò il re degli scudetti:

«Robi, hai la faccia che hanno gli sconvolti...
Ti abituerai, vedrai, durante il viaggio».
Vidi altri rei, ma non i loro volti:

[8] **Trimone!** – Insulto tipico pugliese, corrispondente al «pirla!» milanese. La parola un tempo designava il manico di legno della zappa.

«Altri sperperator od un miraggio
quei che carponi vanno in fila indiana?».
«Son corpi veri» disse il grande saggio.

«Il clown Gascoigne[9] apre la carovana:
il circo fece invece di far storia.
Quel brasiliano amava la sottana,

e molto meno frequentar Trigoria.
Ortega[10] viene dietro al bel Renato,[11]
Edmundo[12] e Chiorri,[13] gente da baldoria.»

[9] **Gascoigne** – Paul Gascoigne (Gateshead, 27-5-67). Centrocampista inglese che ha sperperato il suo enorme talento con una vita sregolata, tra alcolismo e dolce vita. Ha giocato anche nella Lazio (1992-95).

[10] **Ortega** – Arnaldo Ariel Ortega (Ledesma, 4-3-74). Trequartista argentino, detto *El Burrito*, l'Asino. Uno dei tanti falsi profeti, annunciato come il nuovo Maradona. Ha giocato anche in Italia, con la Sampdoria (1998-99) e con il Parma (1999-00).

[11] **bel Renato** – Renato Portaluppi (Guaporé, 9-9-62). Attaccante brasiliano, arrivato in Serie A dal Flamengo nell'estate del 1988. Tutti sicuri che la Roma avesse pescato un fenomeno, dai poderosi mezzi tecnici e atletici. «Il Gullit bianco», lo battezzò Nils Liedholm. Invece diede spettacolo solo nelle discoteche dei Parioli e sulla Lamborghini che lo portava a Fregene. Si prese a pugni con i compagni Giannini e Massaro, i meno amici. Si vanta di avere amato 5.000 donne.

[12] **Edmundo** – Edmundo Alves de Souza Neto (Niterói, 2-4-71). Detto *O Animal*, per il suo carattere burrascoso. Due stagioni in Italia, alla Fiorentina (1997-99). Aveva nel contratto una clausola che gli consentiva di volare a Rio per partecipare al carnevale. La esercitò serenamente, anche se Batistuta si era infortunato gravemente nel momento cruciale della stagione.

[13] **Chiorri** – Alviero Chiorri (Roma, 2-3-59). I tifosi della Samp lo chiamavano il Marziano, Renzo Ulivieri lo ha definito «superiore a Mancini e a Baggio». Attaccante di tecnica raffinatissima, talento puro che non ha mai realizzato le sue potenzialità. Nell'84 passò alla Cremonese, in cambio di Vialli. A fine carriera se ne andò a Cuba. Fulvio Bernardini: «Se Chiorri avesse avuto un decimo del cervello di una persona normale, sarebbe diventato il più grande di tutti i tempi».

«Ma quel che chiude con passo svogliato
non è Leão[14] sotto il solleone?»
Rispose Nils: «Questo si è meritato.

Ma in vita ancor può migliorar girone
se del talento fa un più corretto uso.
Vallo a trovar, digli dello scorpione.

Vedrai che correrà come Gattuso».[15]

[14] **Leão** – Rafael Alexandre da Conceição Leão (Almada, 10-6-99). Croce e delizia del Milan che lo ha acquistato nel 2019. In attesa del salto di maturità (più continuo, più decisivo), al portoghese tocca il deserto degli sperperatori di talento. Ma ha le qualità e l'età per migliorare la sua dimora celeste.

[15] **Gattuso** – Gennaro Ivan Gattuso, detto Rino (Corigliano Calabro, 9-1-78). Mediano da combattimento, non a caso soprannominato Ringhio. Al Milan dal 1999 al 2012, ha fatto storia: 2 scudetti, 2 Champions League, un Mondiale per club, 2 Supercoppe europee, 2 Supercoppe italiane, una Coppa Italia. Uno dei principali protagonisti nel trionfo mondiale del 2006 a Berlino.

CANTO V
Avidi di denaro

HANNO GLI OCCHI CHIUSI DA MONETE, CAMMINANO SU CARBONI ARDENTI. ROBERTO MANCINI, FAGIOLI, TONALI

Lasciammo il forno della gran calura
per visitar lo scacco nero accanto
dove era mite la temperatura.

Forse, pensai, siamo in un camposanto:
una distesa di fiammelle accese,
tipo le tombe che ispirano il pianto.

Quando la vista confidenza prese
col buio fitto che regnava in loco
scorsi i dannati del triste paese.

Come usan far color che vedon poco
tastavan lo spazio lì davanti
senza evitar la trappola del fuoco.

Urlavan di dolore tutti quanti,
i piedi nudi diventavan neri
come dei legni di camin fumanti.

Rivolsi a mister Nils i miei pensieri.
«Perché fanno la fine di Pinocchio?[1]
Perché calpestan il lume dei ceri?»

Nils mi rispose: «Guarda dentro l'occhio».
Allor avvicinai l'anima inquieta,
che per il gran dolor stava in ginocchio:

copriva ogni pupilla una moneta.
«Guardavan solo i soldi sulla terra.
Lo stesso qui, nell'infernal pianeta:

il contrappasso a lor la vista serra.
Qui patiranno gli avidi di grana
che al sentimento hanno fatto guerra.»

Allor mi accorsi di una cosa strana.
Un tale calpestava la fiammella
ma col sorriso di persona sana,

pareva che sfilasse in passerella.
L'unico a non patir le braci ardenti
come riusciva a quel Giucas Casella,[2]

[1] **la fine di Pinocchio** – Nel Capitolo VI del capolavoro di Carlo Collodi, Pinocchio si addormenta con i piedi sul caldano e al mattino si sveglia con al loro posto due tizzoni fumanti.

[2] **Giucas Casella** – Pseudonimo di Giuseppe Casella Mariolo (Termini Imerese, 15-11-49), illusionista e personaggio televisivo italiano. Storica la sua camminata sui carboni ardenti in Grecia. Si procurò ustioni e guadagnò un Tapiro da *Striscia la notizia*.

ben pettinato tra quei penitenti,
la sciarpa al collo era di seta pura.
«Chi mai sei tu che non digrigni i denti

e pari non soffrir la bruciatura?»
Non mi rispose, ma preso un tizzone
lo palleggiò con limpida bravura

di tacco lo colpì come un pallone.
«Chi sono io, adesso l'hai scoperto?
A Parma[3] meritai quell'ovazione.

Io come te fui 10 e son Roberto.»[4]
«Mancio!» esclamai. «Scusa se son sorpreso…
In paradiso ti facevo certo.»

E lui a me: «Per questo sono offeso.
La rabbia sento più che il gran dolore.
Ecco perché non soffro il fuoco acceso.

[3] **A Parma** – Stadio Tardini, 17-1-99: Parma-Lazio 1-3. Il gol più bello della carriera di Roberto Mancini: di tacco su corner di Mihajlović, nella porta di Gigi Buffon.

[4] **e son Roberto** – Stesso numero e stesso nome di De Zerbi. Roberto Mancini (Jesi, 27-11-64). Trequartista, cresciuto nel Bologna, ha giocato a lungo nella Samp (1982-97), prima di passare alla Lazio (1997-00). In blucerchiato, ha vinto uno scudetto storico e una Coppa delle Coppe; alla Lazio, un altro scudetto, una Coppe delle Coppe e una Supercoppa europea. Da allenatore, ha conquistato 3 scudetti con l'Inter e una Premier con il Manchester City. Da c.t. ha guidato l'Italia al trionfo nell'Europeo '21.

Non mi do pace per il sommo errore.
  Più della fiamma, il torto mi fa male».
  Qui prese la parola il mio dottore:

«Non ti ricordi della Nazionale,
  la squadra cara a tutti gli italiani?
  Tu la mollasti[5] in mezzo ad un piazzale

come d'estate s'usa far coi cani,
  senza spiegare la vera ragione:
  il ricco emolumento dei sultani.

Chi vede soldi e ignora la passione
  nell'orbita ocular ha una moneta.
  Non fu un errore la tua punizione.

Salamelek,[6] ci aspetta un'altra meta».
  Altro non disse e mosse lesto il passo.
  Io lo seguivo come una cometa,

ma presto mi fermai come di sasso
  davanti a un tal di cui conobbi il viso.
  «Robi, non indugiare qui dabbasso.

[5] **Tu la mollasti** – Mancini lasciò la Nazionale con una Pec notturna indirizzata al presidente federale, Gabriele Gravina. Motivazione ufficiale: divergenze sulla composizione dello staff azzurro. In realtà, scaricò l'Italia per un contratto da 50 milioni di euro, come c.t. dell'Arabia Saudita. Questo tradimento lo ha portato all'inferno con le monete sugli occhi, anche se l'orgoglioso Mancio riesce a nascondere la sofferenza.

[6] **Salamelek** – L'ironico Liedholm si congeda con un saluto arabo che significa: «La pace sia con te».

Lo sai che siamo attesi in paradiso
e non abbiamo l'uso delle ali.
Ci tocca camminar con piè deciso.

Non fare il Beccalossi,[7] ma l'Oriali[8]...»
«Corro maestro» allora gli ho risposto.
«Ma quello lì non è Sandro Tonali?»[9]

L'ex milanista aveva i piedi arrosto
ed a Fagioli[10] che gli stava accanto
bene ascoltai cosa gli fu proposto:

[7] **Beccalossi** – Evaristo Beccalossi (Brescia, 12-5-56). Cresciuto nel Brescia, diventò un'icona dell'Inter (1978-84), con cui vinse uno scudetto e una Coppa Italia. I tifosi adoravano i suoi dribbling e le sue giocate fantasiose. Peppino Prisco: «Non giocava con il pallone, era il pallone che giocava con lui». Evaristo era amico di Franco Califano che si portò le sue foto in carcere. I due rigori sbagliati contro lo Slovan Bratislava ispirarono un monologo del comico Paolo Rossi.

[8] **Oriali...** – Gabriele Oriali (Como, 25-11-52). Cresciuto nell'Inter di cui è diventato bandiera e capitano (1970-83). In nerazzurro ha vinto 2 scudetti e 2 Coppe Italia. Campione del mondo in azzurro nell'82. Corsa, lotta e sacrificio: il prototipo del mediano ideale, cantato da Ligabue. Ritroveremo Beccalossi e Oriali, uno in purgatorio, l'altro in paradiso. Qui servono come incitamento metaforico: «Accelera il passo!».

[9] **Sandro Tonali** – Sandro Tonali (Lodi, 8-5-2000). Centrocampista, cresciuto nel Brescia, ha vinto uno scudetto con il Milan (2021-22), prima di passare in Inghilterra, al Newcastle. Nell'ottobre 2023 ha subito una squalifica di 10 mesi per scommesse illecite.

[10] **Fagioli** – Nicolò Fagioli (Piacenza, 12-2-2001), centrocampista della Juve e della Nazionale. Nell'ottobre 2023 ha subito una squalifica di 7 mesi per scommesse illecite.

«Nico, scommetti? Tu decidi quanto.
Chi primo pesta il fuoco, vince tutto».
«Ci sto, prelevo da quel Paolo Santo.»[11]

Come un bel cielo tosto si fa brutto,
la grandine si abbatte sul raccolto
da nubi nere che sembrano in lutto,

così del duca mio mutò il volto.
Per quanti sforzi il caro Nils facesse,
poi dall'indignazione fu travolto:

«Anche all'inferno fate le scommesse!
Non vi è bastata ancora la lezione?
Non eravate solo due promesse,

già vi spettava status da campione:
fama, ricchezza, un futuro d'oro.
La gente vi adorava con passione.

C'era bisogno di altro lavoro?
Di bazzicare i giochi clandestini?
Di rischiar faccia, sogni e il decoro?

Ora bruciate come due stoppini
fino a che il cuore non vi torna puro
come succede quando s'è bambini!».

[11] **Paolo Santo** – Deformazione paradisiaca di Banca Intesa Sanpaolo.

A quel discorso franco e molto duro,
i ragazzi chinarono la fronte.
Al pianto i soldi facevano muro

ma poi sgorgaron come da una fonte
dei lacrimoni sotto le monete.
Commosso me ne andai. Vidi su un ponte

una colonna di anime inquiete.
Senza alcun dubbio c'era quel campione
che nella Lazio spesso andava in rete

ma preferì l'Arabia al Cupolone
e all'età che ha ancora uno studente
si ritirò a Riad, come in pensione.

D'orgoglio e gloria non fregava niente,
un altro che ha svenduto il suo talento.
E dir che lo chiamavano Sergente.[12]

[12] **Sergente** – Sergej Milinković-Savić (Lleida, 27-2-95). Centrocampista serbo, nato in Spagna. Bandiera della Lazio dal 2015 al 2023, soprannominato il Sergente dai tifosi. A soli 28 anni, accettò di prepensionarsi nel campionato arabo, accecato da un contratto da 29 milioni di euro. Per questa ragione, si trova a espiare all'inferno.

Tra i penitenti che hanno l'occhio spento
vidi Sartor,[13] poi Doni[14] e quel portiere[15]
che di beccare gol era contento:

e forse correggeva le teiere.
Venne il momento di cambiare loco.
Era una spiaggia piena di bandiere,

tirava il vento e neanche tanto poco.
Vedere il sol e il mare era una festa
dopo la notte cieca e il triste fuoco.

Ma poi la verità fu manifesta,
quel lido nascondeva del dolore.
Lo vidi appena sollevai la testa.

[13] **Sartor** – Luigi Sartor (Treviso, 30-1-75). Difensore cresciuto nel Padova e venduto alla Juventus ('92) per un miliardo di lire, cifra record per un minorenne. Attese e pressioni gli crearono disagi psicologici. Ha giocato, tra l'altro, con Reggiana, Vicenza, Inter, Parma, Roma. Nel dicembre 2011, Sartor venne arrestato a Parma nell'ambito dell'inchiesta Last Bet sul calcioscommesse. Il procuratore federale chiese e ottenne una squalifica di 5 anni. Arrestato nuovamente nel febbraio 2021 perché sorpreso a coltivare marijuana.

[14] **Doni** – Cristiano Doni (Roma, 1-4-73). Centrocampista offensivo, miglior cannoniere nella storia dell'Atalanta (112 gol). Nel 2002 ha partecipato al Mondiale di calcio in Corea e Giappone. Coinvolto nell'inchiesta Last Bet, venne arrestato nel dicembre 2011 e squalificato per 5 anni e sei mesi. Prescritta l'accusa di associazione a delinquere.

[15] **quel portiere** – Marco Paoloni (Civitavecchia, 21-2-84), portiere della Cremonese, arrestato nel giugno 2011 nell'ambito dell'inchiesta della Procura di Cremona su scommesse e partite truccate. Accusato di aver somministrato calmanti ai compagni durante l'intervallo di Cremonese-Paganese. Cinque anni di squalifica.

CANTO VI
Traditori della maglia

SVENTOLANO COME BANDIERE IN CIMA
A UN PENNONE, DILANIATI DAI GABBIANI.
DONNARUMMA, ÇALHANOĞLU, LUKAKU

Quelle che già mi parvero bandiere
e sulla cima prendevano il vento
nella realtà eran persone vere.

Se ne contavan molte più di cento.
Con le due mani strette attorno ai pali
lottavan contro l'eolo violento

che li teneva tesi e orizzontali.
Come potrò scordar quella riviera
di anime sospese senza ali?

Un Golgota di uomini bandiera
che, non potendo usar ambo le mani,
solo coi piedi facevan barriera

alla spietata furia dei gabbiani,
che torturavano a colpi di becco
e dilaniavano quei corpi sani

con la ferocia d'un lanzichenecco.
Chiesi soccorso al buon allenatore:
«Senza di lei, di certo non azzecco.

Chi vien punito qui e per che errore?
E per quale ragion alto si staglia?».
«Qui sconta la sua pena il traditore

che ha negato amore alla sua maglia.
Non fu bandiera, lo sarà in eterno.
Sembrava amor, era fuoco di paglia.

Si è meritato tutto questo inferno.»
Gli domandai: «Parlar con uno posso?
Quella bandiera ha volto fraterno».

Come il bagnino quando il mare è grosso
ammaina dal pennon gli altri colori
ed issa solamente quello rosso

così il vate degli allenatori
smollò le funi di uno di quei pali
per calar giù uno dei traditori.

Avea sul viso tagli non banali
e strappi sulla maglia rossonera,
regalo dei nemici con le ali.

«Non ricordavo più che bello era
restare ritto e con i piedi al suolo.
Più non ne posso di questa galera

e di parar quelle bestiacce in volo.
Grazie che date un po' di tregua al vento.
Ma tu non sei quello del bel Sassuolo?»

Mi lusingò, ammetto, il complimento.
«Sì, sono io. Ma il bello conta poco.
Fesso è chi offre del divertimento,

bravo chi vince anche senza il gioco.»
E Gigio[1] a me: «Se ti lamenti tu...
Mi spieghi perché sono in questo loco?

Non meritavo forse un po' di più?
Ho vinto l'Euro, premiato il migliore![2]
Stavo al Psg, mica nel Psv!

Dovrei godere del più alto onore
e invece sono cibo per gabbiani».
A dar risposta fu l'allenatore:

«Non basta essere bravi con le mani
per meritarsi il ben del paradiso.
Contano anche i sentimenti umani

[1] **Gigio** – Gianluigi Donnarumma (Castellammare di Stabia, 25-2-99). Portiere cresciuto nel Milan che lo ha fatto debuttare in Serie A a soli 16 anni. Nel 2021 si è trasferito al Paris Saint-Germain a parametro zero, senza quindi far guadagnare nulla al club che lo ha lanciato e che gli offriva un rinnovo da 8 milioni. L'ingratitudine al Diavolo gli è costata l'inferno.
[2] **premiato il migliore** – Donnarumma è stato premiato come miglior portiere e miglior giocatore in assoluto all'Europeo '21, vinto dall'Italia.

ciò che s'è scelto, ciò che s'è deciso.
Il Milan ti ha cresciuto nella culla,
ti ha fatto uomo con la barba in viso

tutto ti ha dato, non mancava nulla.
Tu in cambio sei scappato da Mbappé».[3]
«Parar le ciabattate di Kumbulla[4]

o andarmene a Parigi a fare il re?
Che cosa siamo senza l'ambizione?
Dimmi, sapiente, io lo chiedo a te.»

Rispose con un'interrogazione:
«E allora cosa siamo senza affetti?
Tu credi che Maldini[5] sia un coglione?

[3] **Mbappé** – Kylian Mbappé (Parigi, 20-12-98). Attaccante cresciuto nel Monaco ed esploso nel Psg (2017-24). Nell'estate 2024 è passato al Real Madrid, con cui ha vinto subito la Supercoppa europea. Campione del mondo con la Francia nel 2018. Qui è citato come simbolo del club parigino.
[4] **Kumbulla** – Marash Kumbulla (Peschiera del Garda, 8-2-2000). Difensore d'origine albanese, cresciuto nel Verona e passato nel 2020 alla Roma, che lo ha poi dato in prestito a Sassuolo ed Espanyol. Donnarumma, poco gentilmente, lo cita come prova della modestia della Serie A.
[5] **Tu credi che Maldini** – Paolo Maldini, 25 anni e 647 partite nel Milan, leggendaria bandiera rossonera opposta al «traditore» Donnarumma.

Lo sono Totti, Del Piero e Zanetti[6]
che han detto no a più di uno sceicco
per diventar gli atleti prediletti? 72

Non hai capito quanto ti fa ricco
saper amare una maglia sola.
"Il piatto è ricco? Allora mi ci ficco!", 75

soltanto questo ti insegnò Raiola.
In paradiso vanno le bandiere,
tu resti qui a far la banderuola». 78

Altro non disse al povero portiere.
Poi alla fune diede un gran strattone
così che noi lo si tornò a vedere 81

in alto sulla cima del pennone.
I gabbiani avean patito la sua assenza
a giudicar dall'orrida aggressione 84

[6] **Zanetti** – Javier Adelmar Zanetti, detto Pupi (Dock Sud, 10-8-1973). Terzino e mediano, soprannominato *El Tractor* per la sua potenza di spinta. Cresciuto nel Talleres e nel Banfield, arrivò all'Inter nel 1995, segnalato da Antonio Valentín Angelillo, ex attaccante nerazzurro. Zanetti ha vestito la maglia dell'Inter fino al 2014: è lo straniero con più presenze in Serie A (615), quarto assoluto, dietro a Buffon, Maldini e Totti. Ha vinto 5 scudetti, 4 Coppe Italia, 4 Supercoppe italiane, una Champions League, una Coppa Uefa e una Coppa del mondo per club. Argento olimpico nel 1996 con l'Argentina. Chiusa la carriera, è diventato dirigente dell'Inter. Con la moglie Paula, gestisce la Fondazione P.U.P.I. che assiste i bambini in difficoltà nell'area di Buenos Aires. Assieme a lui sono citati altri due poderosi esempi di fedeltà alla maglia: Francesco Totti (786 presenze nella Roma) e Alessandro Del Piero (705 nella Juventus). Li ritroveremo più in alto.

come i piccioni fan con la semenza
che in dono danno in Duomo i giapponesi.
Nils mi informò di qualche altra presenza:

«Lassù ci sta Lukaku[7] che per mesi
giurava all'Inter d'affidargli il cuore
mentre si offriva ai gobbi torinesi.

Finanche al Milan ha promesso amore
per diventare poi capitolino.
Diceva ben quell'ottimo scrittore:[8]

"Il cuore ha più stanze di un casino".
A Napoli lo chiaman "core ingrato".
È il caso di Gonzalo l'argentino[9]

che sventola laggiù, più defilato.
Se la rivalità è troppo forte
devi schierarti soltanto da un lato,

[7] **Lukaku** – Romelu Lukaku (Anversa, 13-5-93). Centravanti cresciuto nell'Anderlecht, ha giocato a lungo in Premier League, prima di trasferirsi in Italia: Inter, Roma, Napoli. Giura di aver amato da bambino tutte le maglie che indossa.

[8] **ottimo scrittore** – Gabriel García Márquez (Aracataca, 6-3-27 – Città del Messico, 17-4-14). La citazione è tratta dal romanzo *L'amore ai tempi del colera*.

[9] **Gonzalo l'argentino** – Gonzalo Gherardo Higuaín (Brest, 10-12-87). Centravanti. Il suo passaggio alla Juve (2016) avvelenò Napoli, anche perché *El Pipita*, ogni volta che ritrovava la sua ex squadra, la puniva: 6 gol in 8 partite.

non puoi far gol in tutte e due le porte.
O stai col Ciuccio o con la Signora.
Se a Barcellona fissi la tua corte,

poi a Madrid non puoi aver dimora.
Figo tradì,[10] scelse la capitale
e il becco del gabbian qui lo divora.

In campo gli scagliarono un maiale.
Lo riconosci quel che lassù vola
con i color dell'Internazionale?

Vige una legge, guai a chi la viola:
il derby è come la mela proibita,
tu puoi mangiarne una metà sola.

[10] **Figo tradì** – Luís Filipe Madeira Caeiro Figo (Almada, 4-11-72). Attaccante-centrocampista portoghese, giocò 5 anni nel Barcellona e 5 nel Real Madrid. Nel 2000 il traumatico passaggio dai catalani alle Meringhe. La notte del 23-11-02, al Camp Nou, i tifosi del Barcellona scagliarono in campo una testa di maiale contro il «traditore» Figo che stava per calciare un corner.

Invece Çalha[11] tutta l'ha inghiottita.
Stojković pure[12] che incendiò Belgrado
o l'Apache Tévez[13] ch'ebbe doppia vita 114

e in quel di Manchester passò il guado.
Nella città che fu del Colleoni
quel tale[14] disse: "Stop! Io me ne vado". 117

Mentre il dottor firmava le esenzioni,
così che s'è giocato il paradiso.
Ma è tempo di lasciar i bandieroni 120

[11] **Çalha** – Hakan Çalhanoğlu (Mannheim, 8-2-94). Centrocampista turco. Il suo passaggio all'Inter, nell'estate del 2021, per guadagnare 500.000 euro in più, fece infuriare i tifosi del Milan. Sul pullman della festa scudetto, Ibrahimović si ricordò di lui.

[12] **Stojković pure** – Non è il più famoso Dragan, che giocò anche a Verona, ma il portiere Vladimir (Loznica, 28-7-1983). È cresciuto nelle giovanili della Stella Rossa, squadra con cui ha vinto il titolo nazionale nel 2005-06, allenato da Walter Zenga. Dopo esperienze in Francia, Olanda, Portogallo, Spagna e Inghilterra, nel 2010 Stojković è tornato in patria, ma tra i pali del Partizan Belgrado. I due club della capitale serba, protagonisti del Derby Eterno, sono divisi da rivalità feroce. Gli ultras della Stella Rossa aggredirono Stojković sul pullman della Nazionale diretto a Marassi per una partita con l'Italia. Spaventato e in lacrime, Vladimir si rifugiò nello spogliatoio degli azzurri. Successivamente si rimise in viaggio (Grecia, Israele, Inghilterra, Arabia), con una nuova parentesi al Partizan.

[13] **Apache Tévez** – Carlos Alberto Martínez Tévez (Ciudadela, 5-2-84). Attaccante argentino, detto l'Apache, alla Juve dal 2013 al 2015. Nel 2009, dopo una serie di contrasti con Alex Ferguson, passò dal Manchester United al Manchester City. Terremoto in città. L'Apache sul piede di guerra commentò: «Ho pugnalato Ferguson. Mi ha fatto star male».

[14] **quel tale** – È Teun Koopmeiners (Castricum, 28-2-98). Nell'estate '24 smise di allenarsi e di giocare (saltò la Supercoppa europea contro il Real Madrid) per costringere l'Atalanta a cederlo alla Juve. Presentava un certificato medico dietro l'altro. Guarito di colpo quando si è sboccata la trattativa.

che ti han dipinto la tristezza in viso.
  Quanto dolor nell'aldilà divino…
  Ma ora ti consolo col sorriso.

Ti faccio ritornare un po' bambino…».
  Non svelò altro il mio capitano
  e di buon passo riprese il cammino

che ci portò davanti a un buffo nano:
  «Ben arrivati al circo del pallone!
  Forza che tocca al mago lusitano!

Vi abbiamo riservato due poltrone».

CANTO VII
Traditori del gioco

AL CIRCO REGALANO LO SPETTACOLO CHE NEGARONO IN TERRA. MOURINHO, ALLEGRI, SPALLETTI

Una folla di diavoli cornuti
riempiva il circo in ogni suo settore
tutti incitavano i due forzuti.

Non mi ricordo un simile fragore…
Due poveracci, imbragati al busto,
facevan la funzione del motore

e trascinavan un pullman robusto
come le bestie coi carretti umani.
«Forza! Tirate! Oppure io vi frusto!»

urlavan forte i diavoli guardiani
con la casacca brasiliana addosso.
Pur deformato dagli sforzi immani,

lo riconobbi e ne restai commosso:
«Ma quello è Mourinho,[1] lo Speciale!
Lui all'inferno... io capir non posso...

Ha vinto tanto e tanto ancora vale».
«Ma del bel calcio quanto gliene importa?»
rispose Nils. «Come giocava male

la Roma mia? Hai la memoria corta.
Molta trincea, ma poca poesia.
Piazzava pullman davanti alla porta,

ora per pena li trascina via.
Ringrazi dio che non è da solo.
Lo riconosci chi con lui espia?»

«Credo di sì, mi pare tanto il Cholo.»[2]
«E poi, Roberto, tutti quei veleni...
Se perde vede sempre qualche dolo

[1] **Mourinho** – José Mário dos Santos Félix Mourinho (Setúbal, 26-1-63). Allenatore portoghese, soprannominato *Special One*. In Italia, ha allenato Inter (2008-10) e Roma (2021-24). Con i nerazzurri ha vinto lo storico Triplete nel 2010: Champions, scudetto e Coppa Italia. Con la Roma una Conference League (2022). Tra i tanti trionfi di Mou, un'altra Coppa dei Campioni (Porto, 2004) e 2 Europa League (Porto, 2003; Manchester United, 2017). A chi gli rimprovera di giocare male, risponde: «È molto facile giocare bene e non vincere».

[2] **Cholo** – Diego Pablo Simeone, detto il *Cholo* (Buenos Aires, 28-4-70). Centrocampista argentino, ha giocato in Italia con Pisa (1990-92), Inter (1997-99) e Lazio (1999-03). È diventato allenatore nel 2006. Ha fatto tappa anche a Catania, prima di arrivare all'Atlético Madrid (2011). Per Arrigo Sacchi, «gioca un calcio preistorico». Per Marco Van Basten, «spinge la gente a vedere Netflix».

e attacca Serra[3] oppure Mazzoleni.[4]
  Accusa anche la Cia per il complotto.
  Altro non c'è che la panchina alleni

a rovesciarsi in campo e far casotto
  appena un fischio genera sconcerto.
  Non ti meravigliar se sta qua sotto.

Ok, il posto è giusto, sai, Roberto.»
  Ancor colpì la frusta brasiliana
  e allora Mou scatenò il concerto:

«Figli di Satana e Telê Santana![5]
  Stramaledetto quel *jogo bonito*!
  Viva per sempre il calcio all'italiana!

Vi dice nulla il nome di Pablito?
  Da oltre trent'anni voi Mondiali zero,
  io invece quel Triplete con Milito.[6]

[3] **Serra** – Marco Serra (Torino, 9-9-82). Arbitro di Serie A dal 2020. Durante Cremonese-Roma del 28-2-23, in qualità di quarto uomo, ebbe un violento scontro con Mourinho che era stato espulso. Venne deferito per le parole rivolte al tecnico («Ti prendono tutti per il culo, vai a casa») e a fine stagione venne dismesso come arbitro di Serie A.

[4] **Mazzoleni** – Paolo Silvio Mazzoleni (Bergamo, 12-6-74). Arbitro di Serie A dal 2004 al 2019 e internazionale dal 2011 al 2018. Mourinho ha considerato il padovano Michele Chiffi il peggior arbitro mai incontrato.

[5] **Telê Santana** – Telê Santana da Silva (Itabirito, 26-7-31 – Belo Horizonte, 21-4-06). Portiere, ala destra e poi allenatore brasiliano. Era alla guida del fortissimo Brasile di Zico e Falcão, sconfitto dall'Italia di Pablito al Mondiale dell'82. Per Mou è il simbolo di un calcio effimero, tatticamente sciagurato.

[6] **Milito** – Diego Alberto Milito (Bernal, 12-6-79). Centravanti argentino, eroe del Triplete di Mourinho: il Principe argentino fece gol nella finale

Ve lo dicevo che pirla[7] non ero.
Ora vi mostro chi è lo Speciale!».
Si concentrò, poi con sguardo fiero,

diede uno strappo più che eccezionale
e il pullman trascinò fuor dalla pista.
Si scatenò il pubblico infernale,

i diavoli osannarono l'artista.
Sorrise Nils: «Non è cambiato niente.
Anche all'inferno tutti li conquista…».

In scena apparve un altro penitente,
di mezza età e dai radi capelli.
Era legato più che strettamente,

come si fa per chiudere i cancelli,
da una catena e da molti lucchetti.
Manco muoveva più i polpastrelli,

un insaccato prima che lo affetti.
A presentarlo fu l'amico nano:
«Pronti a stupirvi, cari diavoletti?

di Coppa Italia con la Roma, nella partita scudetto di Siena e in quella di Champions League contro il Bayern Monaco.

[7] **pirla** – «Io non sono un pirla», frase cult, alla milanese, con cui Mourinho conquistò il mondo Inter alla prima conferenza stampa, il 3-6-08.

Senza contar sull'uso della mano,
Karl[8] si libererà dalle catene,
come Houdini, il mago dell'arcano.

Riuscirci in tre minuti gli conviene,
se ama aver respiro nei polmoni
e trattenere il sangue nelle vene.

Poi s'aprirà la gabbia dei leoni!».
Esplosero i cornuti spettatori
con urla, fischi e variegati suoni

come s'usava per i gladiatori
nel Colosseo degli antichi romani
che con il pollice ordinavan: «Muori!».

Cercava Karl di liberar le mani
si dimenava come un pesce a riva,
ma tutti i tentativi erano vani.

Un solo coro, forte, si sentiva:
«Papé Rappan, papé Rappan,[9] aleppe!»
cantava l'infernale comitiva.

[8] **Karl** – Karl Rappan (Vienna, 26-9-1905 – Berna, 31-12-95). Difensore e poi allenatore austriaco. È considerato il padre del catenaccio: spostò un centrocampista alle spalle della difesa e inventò il libero. Presentò la sua invenzione al Mondiale del '38 ed eliminò la Germania.

[9] **Papé Rappan** – I diavoli giocano con il cognome del dannato ed evocano il celebre verso della *Divina Commedia* (Canto VII): «Pape Satàn, pape Satàn aleppe!».

Come slegarsi purtroppo non seppe
dalla catena e dal fatale abbraccio.
«Papé Rappan!» urlavano le teppe.

Sbranarono i leoni il poveraccio.
Mi spiegò Nils: «La colpa fa da pena.
È Karl Rappan, papà del catenaccio

che ha reso il calcio una cosa oscena.
Il gioco nacque con cinque attaccanti
e per difender due ragazzi appena.

Puntare il sole, correre in avanti:
era l'idea dei padri fondatori.
Noi l'abbiam reso falso il centravanti,

quasi un intruso in mezzo ai difensori.
Puntiamo il sole, correndo all'indietro.
Dei nostri padri, siamo i traditori».

«Ma Lucio[10] divertì Roma e San Pietro»
feci notar alla guida del loco.
«Perché lo trovo in questo circo tetro

[10] **Ma Lucio** – Luciano Spalletti (Certaldo, 7-3-59). Nell'Empoli ha chiuso la carriera da centrocampista e iniziato quella di allenatore (1993-94). Ha guidato, tra le altre squadre, Roma, Zenit San Pietroburgo, Inter e Napoli, con cui ha vinto lo scudetto 2022-23. Nell'agosto 2023 è diventato c.t. dell'Italia.

a sputar fiamme come mangiafuoco?»
Convenne Nils: «È vero. Anche a Milano,
anche al San Paolo dimostrò bel gioco,

ma sbarellò di brutto a Coverciano
e all'Europeo poi perse la brocca.
Male trattò l'Italia e l'italiano:

fucili nella notte,[11] shanghai, scocca...».
Come la Sfinge parlava Spalletti,
mentre sputava fuoco dalla bocca:

«Perché poi noi se si usano i braccetti...
che poi però ci son le transizioni...
... che poi a me non garbano i furbetti...».

Luciano si smarrì nei paroloni
prima di vomitar altra fiammata.
«Mister, ma al circo trovo Trapattoni[12]

[11] **fucili nella notte** – Liedholm cita tre esempi dell'immaginifico vocabolario di Spalletti che mandò in confusione gli azzurri a Euro '24. «Fucilata nella notte», riferito a Chiesa capace di calciare in porta all'improvviso. «Shanghai», gli azzurri uno sull'altro, come nel famoso gioco, per festeggiare il gol di Zaccagni alla Croazia. «Scocca», una delle parole più abusate per definire la struttura fisica della squadra.

[12] **Trapattoni** – Giovanni Trapattoni (Cusano Milanino, 17-3-39). Da mediano del Milan, ha vinto 2 scudetti, 2 Coppe dei Campioni, una Coppa Italia, una Coppa delle Coppe e una Coppa Intercontinentale. Da allenatore, ha vinto campionati in Italia (6 alla Juve, uno all'Inter), in Germania (Bayern Monaco), Austria (Salisburgo) e Portogallo (Benfica). Campione d'Europa e del mondo alla guida della Juve. Platini ha detto: «Io e Boniek gli chiedevamo di attaccare di più, appoggiati da Bettega e Rossi». «Trapattoniano» è diventato sinonimo di difensivista, ma il dio del calcio la pensa diversamente.

che amava la difesa rafforzata?»
«Due punte vere, Boniek,[13] Platini.[14]
Gai,[15] Schizzo[16] e poi Cabrini,[17] ala avanzata.
114

[13] **Boniek** – Zbigniew Kazimierz Boniek, detto Zibì (Bydgoszcz, 3-3-56). Attaccante polacco, esterno o seconda punta, dalla progressione potente. La Juve lo acquistò dal Widzew Lodz dopo il Mondiale '82. Nei tre anni in bianconero, ha vinto uno scudetto, una Coppa Italia, una Coppa dei Campioni, una Supercoppa europea, una Coppa delle Coppe. L'Avvocato Agnelli lo ha battezzato «Bello di Notte» perché brillava soprattutto nelle partite di coppa, in notturna. Con la Roma (1985-88) ha vinto una Coppa Italia.

[14] **Platini** – Michel François Platini (Jœuf, 21-6-55). Centrocampista offensivo, il più grande nella storia del calcio francese e uno dei più grandi in assoluto. Tre volte Pallone d'oro (1983-5). Alla Juve, dal 1982 all'87, ha vinto 2 scudetti, una Coppa dei Campioni, una Coppa Intercontinentale, una Coppa delle Coppe, una Supercoppa europea, una Coppa Italia. Campione d'Europa con la Francia nel 1984.

[15] **Gai** – Vedi nota 1, p. 178.

[16] **Schizzo** – Marco Tardelli (Careggine, 24-9-1954). Cresciuto nel Pisa e nel Como, è arrivato alla Juve nel 1975 e ci è rimasto dieci anni. Da terzino di spinta si è trasformato in centrocampista incursore. Soprannominato Schizzo per le sue potenti accelerazioni. In bianconero ha vinto 5 scudetti, 2 Coppe Italia, una Coppa dei Campioni, una Supercoppa europea, una Coppa delle Coppe e una Coppa Uefa. Dopo due anni all'Inter (1985-87), ha chiuso la carriera in Svizzera, al San Gallo. Campione del mondo in Spagna nell'82. Il suo urlo dopo il gol alla Germania nella finale di Madrid ha insidiato la popolarità di quello di Munch.

[17] **Cabrini** – Antonio Cabrini (Cremona, 8-10-1957). Terzino moderno di grande spinta offensiva. Cresciuto nella Cremonese, dopo una stagione all'Atalanta, è stato acquistato dalla Juventus nel 1976. In bianconero ha vinto 6 scudetti, 2 Coppe Italia, una Coppa dei Campioni, una Coppa Intercontinentale, una Supercoppa europea, una Coppa delle Coppe, una Coppa Uefa. Nel 1989 è passato al Bologna dove ha chiuso la carriera (1991). Campione del mondo in Spagna nell'82. Per Gianni Brera era il Bell'Antonio. Era adorato dalle ragazze. Ha raccontato Cabrini: «Le donne mi tiravano catenine d'oro, anelli, ciocche di capelli, mutandine... Mi arrivavano a casa sacchi di lettere, rispondeva mia madre».

Vedi qualcuno che attacca così?»
 mi chiese Nils. «E se forse sospetti
 di certi mister che dimoran qui 117

perché si difendevan troppo stretti,
 sappi che non ci son Rocco ed Herrera.[18]
 Chi inventa un goleador come Facchetti[19] 120

e tanto fa brillar Gianni Rivera[20]
 non c'entra un tubo con il catenaccio.»
 «Scusi però se ho l'anima sincera… 123

Ho visto dilaniare un poveraccio,
 Lei del sorriso m'aveva promesso…»
 Rispose Nils: «Ci siamo. Ecco il pagliaccio!». 126

Al centro della scena avevan messo
 un ring di quelli per il pugilato.
 I diavoli applaudirono l'ingresso 129

[18] **Rocco ed Herrera** – Nereo Rocco (Trieste, 20-5-1912 – Trieste, 20-2-79). Helenio Herrera (Buenos Aires, 10-4-1910 – Venezia, 9-11-97). Negli anni Sessanta, *el Paròn* e il Mago hanno portato Milan e Inter in cima all'Europa e al mondo, con un calcio di grande solidità difensiva. Ma il dio del calcio non li ritiene catenacciari. Li ritroveremo tra i beati.

[19] **Facchetti** – Vedi nota 1, p. 178.

[20] **Gianni Rivera** – Giovanni Rivera, detto Gianni (Alessandria, 19-8-43). Leggenda del Milan con cui giocò dal 1960 al 1979. In rossonero vinse 3 scudetti, 2 Coppe dei Campioni, una Coppa Intercontinentale, 4 Coppe Italia e 2 Coppe delle Coppe. Con la maglia della Nazionale vinse l'Europeo '68 e fu vicecampione del mondo a Messico '70; epico il suo gol decisivo nella semifinale con la Germania (4-3). Pallone d'oro nel '69. Numero 10 dalla tecnica cristallina, fu battezzato l'Abatino da Gianni Brera per la sua gracile struttura atletica.

del primo clown, asciutto e allampanato,
parrucca gialla, rosso il gran nasone,
pinne da sub, gilet leopardato,

di cinque taglie in più il pantalone.
Fremevano i cornuti tutti attorno,
il nano fece la presentazione:

«Il peso Max,[21] orgoglio di Livorno,
difende la diabolica cintura!
Diavoli miei, vivrete un grande giorno

ché l'avversario ha la scorza dura.
Da San Vincenzo, Walter il guerriero!».[22]
Nel circo crebbe la temperatura.

Campione del lamento giornaliero,
Mazzarri avea un costume da Pierrot:
sul viso bianco un lacrimone nero.[23]

Il nano fece risuonare il gong
e cominciò un match molto speciale:
che non vedeva pugni e k.o.

[21] **Il peso Max** – Massimiliano Allegri (vedi nota 1, p. 21).
[22] **Walter il guerriero** – Walter Mazzarri (San Vincenzo, 1-10-61). Allenatore dal 1996. Ha guidato, tra l'altro, Livorno, Samp, Napoli (una Coppa Italia), Inter e Torino. Fedelissimo apostolo del calcio all'italiana: difesa e contropiede.
[23] **un lacrimone nero** – Le lamentele e le giustificazioni di Mazzarri sono diventate proverbiali. La più celebre ai tempi dell'Inter: «E poi si è messo a piovere».

Entrambi i clown brandivano un guanciale
e saltellando sul ring saponato
cercavano di abbattere il rivale,

ma appena il colpo veniva abbozzato,
slittava il clown che ruzzolava al suolo
di risa scatenando un gran boato.

Anch'io mi sganasciavo a ogni volo,
a ogni cuscinata dritta in viso.
Ciò che promise Nils non era dolo:

avevo ritrovato il mio sorriso.
Palese mi sembrò il contrappasso
che per entrambi il dio avea deciso:

far divertire e regalar lo spasso
di cui in terra sono stati avari,
colpevoli di un gioco triste e lasso.

L'incontro a cuscinate finì pari
e fu applaudito con un'ovazione
da diavoletti e spettatori vari.

Piagnucolò Pierrot la decisione
ché del verdetto si mostrò deluso.
Max sosteneva tutt'altra opinione:

«Ti sbagli, ho vinto io, di corto muso».
Mi riconobbe e ci restò di sasso:
«Oh boia dè… qui c'è un intruso…

Il profetino del gioco dal basso
che mezzo mondo ha già contaminato.
Fino all'inferno sei venuto a spasso?». 174

Rispose Nils: «Max, tu c'hai invitato.
Dicevi: "Al circo c'è il divertimento,
a me interessa solo il risultato. 177

Solo se vinco, io sono contento".
E così al circo noi siamo venuti.
Ottimo match, tu hai del bel talento, 180

un poco mi ricordi Benvenuti.[24]
Ti dona anche il nasone da pagliaccio».
Sorrise Max: «Sto bene tra i cornuti. 183

Non creder che le vesti qui mi straccio,
per me l'inferno non è mica un'onta,
non mi vergogno del mio catenaccio. 186

Lo ribadisco: solo vincer conta!
Meglio star qui che su in paradiso,
dove c'è Sacchi che me la racconta... 189

[24] **Benvenuti** – Nino Benvenuti, all'anagrafe Giovanni (Isola d'Istria, 26-4-38). Leggenda del nostro pugilato, icona popolare. Campione del mondo dei pesi superwelter (1965-66) e dei medi (1967-70), oro olimpico a Roma '60.

I miei tifosi vivon col sorriso,
anche a Madrid si tuffan nella fonte.[25]
Lo sport è questo, salvo un altro avviso:

piegare l'avversario che hai di fronte,
come lo fai, non conta quasi niente.
Io nella Storia lascerò le impronte,

chi gioca bene non rimane in mente,
è l'albo d'oro che ti rende eterno.
Tu sull'album Panini solamente...».

Bene non presi quel motto di scherno:
«Caro il mio Max, per me lo sport è arte.
Come il pittor dipinge sul quaderno,

io traccio schemi sopra le mie carte:
cerchiamo entrambi di evocare il bello.
Tenere palla solo in poca parte

è come dare ad altri il mio pennello.
Tu attacchi l'avversario in ripartenza,
io lo racchiudo al centro di un torello,

io all'arrembaggio, tu fai resistenza.
Anche il tifoso mio sorride spesso,
sempre orgoglioso della nostra scienza

[25] **si tuffan nella fonte** – È la fontana di Plaza de Cibeles, a Madrid, dove i tifosi del Real festeggiano i loro trionfi.

che ci consente il vanto del possesso
e che diverte chi paga il biglietto.
È vero, non abbondo di successo

ma la bellezza vale uno scudetto
e a lungo resterà nella memoria.
Max, non è vero quello che m'hai detto

che sol chi vince scriverà la Storia.
Che vinsero Van Gogh, Giotto e Picasso?
È stato il bello la loro vittoria».

«La verità è che non vinci un casso»
concluse Max in modo un po' villano.
«Tu dove costruisci, resti: in basso.»

Qui il mio maestro mi diede una mano:
«Ti sbagli, Max. Lui salirà tra i santi.
Tu resti giù, a fare il ciarlatano».

Altro non disse e proseguì avanti.
Il buon Mazzarri il polso picchiettava[26]
e l'ora domandava a tutti quanti.

«Già te lo dissi da che parte stava
il dio che regge il mondo del pallone»
mi spiegò Nils mentre si camminava.

[26] **il polso picchiettava** – Gesto tipico di Mazzarri, diventato meme: segnalare l'orologio all'arbitro per ricordargli di recuperare il tempo perso, quando la sua squadra si trovava in svantaggio.

«Hai ritrovato un po' di convinzione?
Vedrai, dopo l'incontro coi beati
ritornerà tutta la passione,

come da bimbo avevi all'oratorio.»
«Ora, maestro, andiamo in paradiso?»
«Prima ci tocca un po' di purgatorio.»

PURGATORIO

CANTO VIII
Gli ignavi

FALCÃO CALCIA IL RIGORE CHE NON CALCIÒ AL LIVERPOOL.
BONUCCI E CHIELLINI IN GINOCCHIO,
COME NON FECERO CONTRO IL RAZZISMO

Giungemmo in un'ampissima pianura
coperta da dei campi di pallone,
tanti, ma tanti, senza una misura.

Vuoti sembravan, ma con l'attenzione
m'apparve il solitario rigorista.
Calciava forte la sua punizione

senza che in porta s'opponesse un Nista,[1]
mirando al centro oppure all'angolino
con la gran cura del perfezionista,

[1] **Nista** – Alessandro Nista (Collesalvetti, 10-7-65). Portiere, ha difeso i pali di Pisa, Sorrento, Leeds, Ancona, Parma e Torino. Ha subito il primo (1987) e l'ultimo (1993) gol di Van Basten in Serie A. Poi è stato preparatore dei portieri alla Juve, all'Inter e al Napoli. Qui citato come rappresentante della categoria.

poi si spostava sul campo vicino
e raggiungeva il disco del rigore.
«Adesso parlerai con il Divino»

mi rivelò il caro allenatore.
Lo salutai, lui mi rispose: «Ciao».
Per l'emozione presi del colore:

stavo parlando al mitico Falcão[2]
che in campo mi pareva onnipotente,
ogni suo tocco ti strappava un wow.

«Senza di lui non avrei vinto niente…»[3]
sorrise Nils e se lo strinse al petto:
un forte abbraccio, lungo e commovente.

Poi domandai: «Scusa se son diretto…
Io ti pensavo già bello e beato.
Perché stai qui nella sala d'aspetto?».

[2] **Falcão** – Paulo Roberto Falcão (Xanxere, oggi Abelardo Luz, 16-10-53). Centrocampista, cresciuto nell'Internacional di Porto Alegre, ha giocato nella Roma (1980-85) e ha chiuso la carriera al San Paolo (1985-86). In giallorosso, ha vinto uno scudetto (1983) e due Coppe Italia (1981, 1984). I tifosi dell'Urbe lo venerarono fino a proclamarlo Divino e Ottavo Re di Roma. Al Mondiale '82, un suo bellissimo gol, nel leggendario 3-2 del Sarriá, ci fece tremare.

[3] **«Senza di lui… niente…»** – Commovente l'abbraccio tra l'antico allenatore e il suo faro in campo. Liedholm disse di Falcão: «È Paulo a dirigere l'orchestra, io al massimo qualche volta gli scrivo la musica».

«Per quel rigore[4] che non ho tirato
la notte che perdemmo la finale,
ma lo ripeto ancor: non ho sbagliato.

Troppo il ginocchio mi faceva male.
M'avevan fatto quell'infiltrazione,
ma ormai l'effetto del medicinale

più non mi dava la sua protezione
dopo due ore di dura battaglia.
Come poter calciare quel pallone?

Io non volevo far quello che sbaglia.»
Rispose duro Nils: «Non al dolore
dovevi badar tu, ma alla tua maglia.

Dovevi andarlo a battere il rigore
come andò Conti[5] e come andò Graziani[6]
che hanno sbagliato, ma ci han messo il cuore.

[4] **Per quel rigore** – Finale di Coppa dei Campioni, allo Stadio Olimpico di Roma, 30-5-84. Risultato fermo sull'1-1 dopo i supplementari, per i gol di Neal e Pruzzo. Ai rigori, per gli inglesi, sbagliò solo Nicol; per i giallorossi, gol di Di Bartolomei e Righetti, errori di Conti e Graziani. Falcão, ancora oggi, giura che non avrebbe potuto calciare per il dolore al ginocchio. Bruno Conti invece è tuttora convinto: «Avrebbe dovuto tirare quel rigore».

[5] **Conti** – Bruno Conti (Nettuno 13-3-55). A detta di Pelé, Bruno Conti fu il miglior brasiliano in campo, nell'epica partita del Sarriá, a Spagna '82, Italia-Brasile 3-2. Protagonista del titolo mondiale, fu incoronato con il soprannome di MaraZico. Dedicò tutta la carriera alla Roma (1973-91), con due intermezzi al Genoa. Artefice anche dello scudetto dell'83.

[6] **Graziani** – Vedi nota 29, p. 172.

Tu hai deluso un mondo di romani
che re della città ti aveva eletto.
Dovevi trascinarti sulle mani

ma presentarti sopra quel dischetto.
Giusto che qui tu ora paghi il danno».
«Ma quando di tirar rigori smetto?

Mister, lo faccio già da qualche anno.
Quando potrò salire in paradiso?»
«Quando giù a Roma più non sogneranno

il vil sudafricano[7] e il suo sorriso.»
Paulo ci salutò e a capo chino
puntò la porta con passo deciso.

Calciò la palla dentro l'angolino,
vestiva la casacca giallorossa.
Mi spiegò Nils che riprese il cammino:

«Credo che adesso tu capire possa,
se per ventura te lo domandavi,
chi alberga qui, in questa strana fossa.

[7] **il vil sudafricano** – Bruce Grobbelaar (Durban, 6-10-57). Praticò cricket e baseball prima di diventare portiere. Difese la porta del Liverpool dal 1980 al '94. Fece storia nella serie di rigori della finale Roma-Liverpool di Coppa Campioni '84: smorfie e danze da pagliaccio sulla linea di porta per innervosire i rigoristi giallorossi. Primo africano a sollevare il trofeo più prestigioso.

Tu stai nel purgatorio degli ignavi
che tentennaron nella decisione.
Come Roberto furono anche bravi

ma non avevan cuore da leone
per scegliere la via faticosa».
Mentre parlava, cadde l'attenzione

su un'accoppiata che fu già famosa
nel ruolo ricoperto da Ranocchia.[8]
Come chi espia o implora qualche cosa

a un santuario, in chiesa o in una parrocchia
e dona in cambio la sua penitenza
lenti venivano sulle ginocchia.

«Scopri il perché di tanta reverenza»
mi spronò Nils e chiesi al difensore.
«Per protestare contro la violenza

[8] **Ranocchia** – Andrea Ranocchia (Assisi, 16-2-88). Come Nista del verso 7 era sinonimo di portiere, qui Ranocchia vale come difensore centrale. In realtà, la citazione non è casuale, perché Andrea fece coppia con Bonucci sia al Bari che al Genoa. Dei due sembrava Ranocchia il predestinato, invece raccolse più gloria Bonucci. Ranocchia visse gli anni migliori all'Inter (2011-16), di cui fu anche capitano.

ai danni della gente di colore»
rispose il Leone d'Inghilterra[9]
«venne la moda a più di un giocatore

di ripiegarsi col ginocchio a terra.
Contro i gallesi[10] noi restammo in piedi
ed i giornali ci fecero guerra.

La mia onesta spiegazione diedi:
l'antirazzismo non lo fo per vezzo
e lo dimostro quando non mi vedi.

Io non mi piego, caso mai mi spezzo,
quando mi trovo sul campo da gioco.»
Qui il saggio Liddas si mise di mezzo:

[9] **Leone d'Inghilterra** – Leonardo Bonucci (Viterbo, 1-5-87). Difensore cresciuto nell'Inter e diventato leader della Juventus (2010-17, 2018-23). Con l'amico Giorgio Chiellini ha formato una coppia storica. Mourinho li ha definiti «cattedratici di Harvard» in materia difensiva. In bianconero ha vinto 8 scudetti e 9 coppe nazionali. Con la Nazionale ha vinto l'Europeo '21, segnando nella finale di Wembley. Da qui il titolo onorifico di Leone d'Inghilterra.

[10] **Contro i gallesi** – Prima della partita Italia-Galles, valevole per Euro '21, allo Stadio Olimpico di Roma, 20-6-21, solo cinque azzurri s'inginocchiarono a sostegno del movimento «Black Lives Matter» e della lotta al razzismo: Tolói, Emerson Palmieri, Bernardeschi, Belotti e Pessina. Claudio Marchisio e molta parte dell'opinione pubblica criticarono chi non aveva partecipato alla protesta. Bonucci spiegò le ragioni. Ora espia in ginocchio con l'amico Chiellini.

«Se non lo mostri, il gesto vale poco.
Ricordi Tommie Smith[11] e il pugno nero
quando d'Olimpia ardeva il sacro fuoco?

Ricordi Ali,[12] ovunque battagliero
contro la guerra e la segregazione?
Difende il giusto, lo sportivo vero.

Se serve, rischia pure la prigione.
Ricordi l'inno muto[13] e gli iraniani?
Sfidaron stato e pure religione

per fare luce sui diritti umani
per dire che una donna non si tocca
e che nessuno più alzi le mani

[11] **Tommie Smith** – Tommie Smith (Clarcksville, 6-6-44). Sprinter americano, soprannominato *The Jet*. Oro alle Olimpiadi di Messico '68, primo uomo a scendere sotto i 20" nei 200 metri. Ma fece storia soprattutto sul podio con il compagno John Carlos, giunto terzo: sollevarono un pugno guantato di nero a sostegno dei diritti degli afroamericani.

[12] **Ricordi Ali** – Muhammad Ali, nato Cassius Marcellus Clay Jr (Louisville, 17-1-42 – Scottsdale, 3-6-16). Il più grande pugile di tutti i tempi. Oro ai Giochi di Roma nel '60 e più volte campione del mondo nei massimi tra il '64 e il '79. Icona degli anni Sessanta anche fuori dal ring, per l'impegno contro la guerra in Vietnam, che gli costò il carcere e tre anni di inattività, e per il sostegno di Potere Nero. Il ricordo dell'impegno di Ali e Smith suona a condanna della mancata partecipazione di Bonucci e Chiellini alla protesta dei compagni.

[13] **inno muto** – Altro esempio di impegno coraggioso. Al Mondiale in Qatar, la Nazionale iraniana non ha cantato l'inno a sostegno della lotta per i diritti umani nel loro Paese, mentre molti tifosi cantavano il nome di Mahsa Amini, arrestata e uccisa dalla polizia religiosa per non aver indossato il velo.

se mai dal velo le scappa una ciocca.
Tu per orgoglio ti fai dei problemi
se un tuo ginocchio fino a terra tocca?

Impara dai compagni di Taremi[14]
e stai prostrato come le beghine».
L'amico, triste come i crisantemi,

con un nasone grosso e senza fine
si lamentò: «Ho la schiena distrutta;
alle ginocchia fitte come spine…

Mister, lo sa, ormai sono alla frutta».
Liddas trovò parole confortanti:
«Mangiar dovete molta pastasciutta,[15]

ma poi raggiungerete tutti i santi.
Vi meritaste molto da terzini.
L'incubo foste d'ogni centravanti».

[14] **Taremi** – Mehdi Taremi (Bushehr, 18-7-92), attaccante iraniano, arrivato all'Inter dal Porto nell'estate 2024.

[15] **molta pastasciutta** – La sottile ironia del Barone colpisce ancora. Per spiegare a Bonucci e Chiellini che dovranno soggiornare ancora un po' in purgatorio prima di ascendere tra i beati, ricorre alla metafora della pastasciutta che i due juventini hanno impugnato contro gli inglesi dopo la gloriosa finale di Wembley: «Dovete ancora mangiarne di pastasciutta prima di batterci…». In vacanza insieme, postarono una foto sorridente davanti a un piatto di spaghetti.

Bonucci a petto in fuori e poi Chiellini[16]
ripresero a vagare ginocchioni.
Dalla distanza fatti piccolini

ancor di più parevan lumaconi.
Su un altro campo, molto defilato,
notai una scena senza spiegazioni:

dei giocatori intenti a far bucato.
Uno lavava maglie blu e rosse
che poi stendeva su un filo tirato

fino a che il capo ben asciutto fosse.
Un altro armato di ferro da stiro
a ritmo lo passava senza scosse,

spruzzando spesso con lo Stiro e Ammiro.
Un terzo le posava nei cassetti.
Chiesi: «È una pena od una presa in giro?

Che cosa fanno qui questi valletti?
Non posso dire che me l'aspettassi…».
Rispose Nils a tutti i miei sospetti:

[16] **Chiellini** – Giorgio Chiellini (Pisa, 14-8-84). Colonna difensiva, bandiera e capitano della Juve dal 2005 al 2022 (425 presenze). In bianconero ha vinto 9 scudetti e 10 coppe nazionali. Campione d'Europa nell'Italia di Roberto Mancini (2021).

«Forse ricordi quel giorno a Marassi[17]
quando la squadra, proprio come un gregge,
verso la curva mosse tristi passi 132

perché gli ultrà dettavano la legge
e chiesero le maglie a Beppe Sculli.[18]
Si spogliaron, veloci come schegge, 135

e le passarono a quei tristi bulli.
È stato un vile oltraggio alla memoria,
non una marachella da fanciulli, 138

macchiarono i colori della gloria.
Codardi e proni a una tifoseria,
del Grifo indegni e della sua storia. 141

Per ripulire la vigliaccheria
si prendon cura della bella maglia.
La loro pena è far lavanderia. 144

[17] **quel giorno a Marassi** – Era il 22-4-12, a Marassi. Sul risultato di 4-0 per il Siena, gli ultras del Genoa costrinsero l'arbitro a sospendere la partita e chiesero le maglie ai propri giocatori, ritenuti indegni di indossarle. Marco Rossi, il capitano, le raccolse. I 16 giocatori furono poi deferiti per violazione dell'articolo 1 del Codice di Giustizia sportiva, relativo alla lealtà e al rispetto delle regole.

[18] **Beppe Sculli** – Giuseppe Sculli (Locri, 23-3-81). Attaccante esterno, cresciuto nelle Juve, ha giocato, tra l'altro, con Chievo, Genoa e Lazio. Il giorno di Genoa-Siena, fu l'unico a cui fu concesso di tenersi la maglia. Trattò con gli ultras la ripresa dell'incontro. Un mese di squalifica per dichiarazioni ritenute non vere dalla Procura federale sui rapporti con alcuni esponenti della curva, pregiudicati. Coinvolto nel calcioscommesse, prese altri 8 mesi di squalifica. Uscito pulito dalle imputazioni per associazione mafiosa, tentato omicidio e traffico di stupefacenti. È nipote di Giuseppe Morabito, boss della 'Ndrangheta, detto *U tiradrittu*.

Capita qui chi in tale modo sbaglia
e, da coniglio senza la carota,
diventa schiavo di qualche marmaglia».

Udimmo un forte grido in alta quota.
Alzai la testa e vidi un deltaplano.
«Aiuto! Aiuto!» strillava il pilota.

Mi chiese Nils: «Ricordi il tulipano[19]
che in auto si faceva Londra-Atene,
per il terror di usare l'aeroplano?

Per tutto il giorno in cielo dio lo tiene».

[19] **il tulipano** – Dennis Bergkamp (Amsterdam, 10-5-69). Centrocampista offensivo dalla tecnica raffinata. Cresciuto nell'Ajax, dopo due anni sofferti all'Inter (1993-95), passò all'Arsenal dove fu amatissimo (1995-06). All'Inter vinse comunque la Coppa Uefa (1994). Terrorizzato dagli aerei dopo una brutta turbolenza, quand'era un ragazzino dell'Ajax, Bergkamp godeva di un'esenzione contrattuale dalle trasferte più lunghe, per le altre viaggiava via terra, partendo in anticipo. Lo chiamavano l'Olandese non volante. Le meraviglie che ha regalato lo porteranno in paradiso, ma intanto espia la mancanza di coraggio, volando in deltaplano per tutto il giorno.

CANTO IX
I dieci imperfetti

DIVERTIRONO LA GENTE, MA PECCARONO DI VOLONTÀ
E SACRIFICIO. ESPIANO SUI TAPIS ROULANT.
EVARISTO BECCALOSSI

«Voglio mostrarti ancora due gironi
poi saliremo dritti dai beati
dove vivrai fortissime emozioni

parlando con colleghi illuminati»
mi rivelò la guida mia maestra.
«Nel nuovo sito ora siamo arrivati.»

Ci ritrovammo dentro una palestra.
Tutti correvan sul nastro motorio[1]
allineati in faccia alla finestra.

Vestivan maglia color dell'avorio
e un 10 fatto d'oro sulla schiena
sotto la scritta F.C. Purgatorio.

[1] **nastro motorio** – tapis roulant.

«Forse la corsa è la loro pena?
In terra quali furono i difetti?»
io chiesi a Nils, patrono di chi allena.

«Sei nella bolgia dei 10 imperfetti
che non avevan grazia esagerata,
perciò non stanno con i maledetti

che in vita loro l'hanno sperperata
e nel deserto affrontan lo scorpione.
Dio vuole bene a 'sta allegra brigata

che regalava gioia col pallone
cercando la giocata divertente.
Rulete, dribbling, tunnel e rabone.

Son stati il carnevale della gente
pur non dotati di talento raro,
pur non avendo vinto quasi niente.

Come quel tale, Pietro Maiellaro.[2]
Chiamato Diego, ma del Tavoliere.
Come c'è il farmaco che costa caro

e quel che ha un analogo potere
ma non ha nome e costa molto poco,
così qui trovi 10 per mestiere:

[2] **Pietro Maiellaro** (Candela, 29-9-73). Centrocampista offensivo di tecnica e fantasia. Le buone stagioni a Bari (1987-91), dove fu incoronato Zar, lo portarono alla Fiorentina di Batistuta per oltre 4 miliardi di lire, ma l'avventura viola del Maradona del Tavoliere durò una sola stagione.

non son di marca, ma curano il gioco.
Te lo ricordi Diego col Verona?[3]
Da metà campo! Un gol da vero loco…

Mascara[4] superò quel Maradona,
calciò più indietro alla Favorita:
un pallonetto che non ti perdona.

Quando la pena lor sarà finita
godranno della giusta promozione.
Giacché non molto corsero in partita,

qui sul tappeto fan l'integrazione
prima di goder miglior futuro.»
Vidi Giovinco[5] e poi Benny Carbone,[6]

[3] **Diego col Verona** – Si riferisce al gol spettacolare che Maradona segnò al Verona con una parabola di 40 metri: Napoli-Verona 5-0, 20-10-85.

[4] **Mascara** – Giuseppe Mascara (Caltagirone, 22-8-79). Lo chiamavano Mascarinho o Topolino, per la sua tecnica brasiliana e la statura ridotta. Attaccante fantasioso e scattante. Nel Catania visse il suo periodo d'oro (2005-11). Nel 2009 Marcello Lippi lo fece esordire in Nazionale. Il primo marzo 2008, alla Favorita, nel derby contro il Palermo, realizzò il suo capolavoro: gol da 50 metri, meglio di Maradona con il Verona… La ciliegina su un trionfo storico: 4-0.

[5] **Giovinco** – Sebastian Giovinco (Torino, 26-1-87). Piccolo, tecnico ed esplosivo. Per questo lo chiamavano la Formica atomica. È cresciuto nella Juve con cui ha vinto due scudetti ('13 e '14). Ha giocato anche in Canada e in Arabia.

[6] **Benny Carbone** – Benito Carbone (Reggio Calabria, 14-8-71). Centrocampista offensivo, tecnico e scattante. Cresciuto nel Torino, ha disputato al Napoli (1994-95) e all'Inter (1995-96) le sue stagioni più ambiziose. Poi ha raccolto applausi in Premier League: Sheffield, Aston Villa, Bradford, Derby County, Middlesbrough.

D'Amico,[7] il Trinche[8] accanto a Ciro Muro.[9]
«Robi, ricordi ancor chi mai io fossi?»
Risposi sorridendo: «Di sicuro!».

E abbracciai l'amico Beccalossi:
«Potrei scordarmi di un grande bresciano?
Il sommo Brera[10] ti chiamò Driblossi.

Dopo i due gol nel derby[11] di Milano,
"Sono Evaristo, scusate se insisto"
s'inventò Viola,[12] un genial vulcano.

[7] **D'Amico** – Vincenzo D'Amico (Latina, 5-11-54 – Roma, 1-7-23). Bandiera della Lazio, con cui vinse lo storico scudetto del 1974. Idolo dei tifosi che lo battezzarono *O Rei* di Piazza Roma. Trequartista-ala dalla tecnica magica, specialista in dribbling e punizioni.

[8] **il Trinche** – Tomás Carlovich, detto *El Trinche* (Rosario, 19-4-46 – Rosario, 8-5-20). Talento puro, gran dribblatore. Il suo numero preferito: il doppio tunnel, avanti e indietro. Carriera anonima e maledetta, ma Maradona lo incoronò per sempre. Quando arrivò nel Newell's Old Boys, la squadra di Rosario, gli dissero che era il più grande nella storia del club. Maradona precisò: «No, il più grande di tutti a Rosario è stato il Trinche».

[9] **Ciro Muro** – Ciro Muro (Napoli, 9-3-64). Cresciuto nel Napoli, chiuso da Maradona, contribuì alla conquista del primo storico scudetto (1987) con 11 presenze e un gol. Talentuoso trequartista, un giorno affiancò Maradona che stava per calciare una punizione. Nessuno aveva mai osato. Diego gli disse: «Calciala tu, ma se la sbagli non ne batterai mai più». Ciro la mise all'incrocio.

[10] **Il sommo Brera** – Gianni Brera, all'anagrafe Giovanni Luigi (San Zenone al Po, 8-9-1919 – Codogno, 19-12-92). Patriarca dei giornalisti sportivi e scrittore. Firmò per la *Gazzetta dello Sport*, di cui fu direttore, *Il Giorno*, *il Giornale* e *la Repubblica*. Rivoluzionò il vocabolario calcistico, con neologismi (contropiede, uccellare, melina...) e soprannomi immortali: Rombo di Tuono (Riva), Abatino (Rivera), Piscinin (Baresi)... Driblossi (Beccalossi), appunto.

[11] **i due gol nel derby** – San Siro, 28-10-79: Inter-Milan 2-0, sotto la pioggia. Doppietta di Evaristo.

[12] **s'inventò Viola** – Beppe Viola (Milano, 26-10-39 – Milano, 18-10-82).

Sono contento d'averti rivisto
e di saper che salirai tra i santi».
Rispose col fiatone l'Evaristo:

«Il dio del calcio mi tratta coi guanti
come nel mondo usa l'Infantino[13]
che mi pretende agli eventi importanti.

Perché giocavo come fa il bambino
e trasmettevo sempre l'allegria.
Ora che sai i gusti del Divino,

torna e riprendi la tua retta via
che, come vedi, porta in paradiso:
attacca, pressa, gioca con poesia

e non temere d'essere narciso.
Sarà beato chi ricerca il Bello,
chi con il gioco regala il sorriso.

Il calcio non è mica il tamburello
e non è vincer tutto ciò che conta».
Qui mi scappò di far l'indovinello:

Giornalista, scrittore, telecronista dal multiforme ingegno. Amico d'infanzia di Enzo Jannacci, scrisse canzoni, sceneggiature per il cinema e testi per il cabaret. Alla *Domenica Sportiva* lanciò il fortunato slogan «Mi chiamo Evaristo, scusi se insisto», che in realtà Beccalossi non disse mai.

[13] **l'Infantino** – Giovanni Vincenzo Infantino, detto Gianni (Briga, 23-3-70). Avvocato svizzero, presidente della Fifa dal 2016. Tifoso interista e grande fan di Beccalossi da ragazzo, lo coinvolge spesso e volentieri nelle iniziative Fifa.

«Dimmi però, ancor ti pesa l'onta
di aver mancato il Mondiale di Spagna,[14]
di non aver lasciato la tua impronta?

Quanto ti pesa ancora la magagna?»
Becca rispose: «Neanche un pochino.
Per fare la riserva che ristagna,

come toccò al povero Spadino?[15]
Chi crede in me, mi dona la vetrina.
In campo non sembravo un motorino

e mi imboscavo alla Pinetina.[16]
Tutti di corsa in coda a Lele Oriali,[17]
mentre fumavo dietro la panchina.

[14] **Mondiale di Spagna** – Alla vigilia del Mondiale '82, l'Italia si spaccò per Beccalossi: chi lo voleva al Mondiale e chi no. Enzo Bearzot, che lo lasciò a casa, si prese anche un ceffone da una tifosa di Evaristo.

[15] **Spadino** – Franco Selvaggi (Pomarico, 15-5-53). Centravanti brevilineo e scattante. Calzava il 38. Spadino era il suo soprannome. Con Taranto, Cagliari, Torino e Udinese le sue stagioni migliori. Bearzot lo preferì al romanista Pruzzo, capocannoniere del campionato. Leggenda vuole che Selvaggi ringraziò il c.t. dicendo: «Vengo anche solo per portare le valigie» e il Vecio rispose: «L'importante è che lasci a casa gli scarpini». A Bearzot serviva una riserva che non mettesse troppa pressione a Paolo Rossi, nel quale credeva ciecamente, nonostante i due anni di stop per una brutta vicenda di calcioscommesse per la quale si proclamò sempre innocente.

[16] **Pinetina** – Centro di allenamento dell'Inter ad Appiano Gentile (Como).

[17] **Lele Oriali** – Vedi nota 8, p. 63. Qui lo troviamo in testa al gruppo, durante un allenamento. Sta agli antipodi di Beccalossi che, per sua ammissione, in allenamento si nascondeva per fumarsi una Marlboro.

Mister Eugenio,[18] come i generali,
mi rifilava mille punizioni.
Sul nastro sgobbo e poi con i pedali

così più in fretta salgo in mezzo ai buoni.
Ti aspetto là, buon vento e gioca bene».
Ci allontanammo per altri gironi.

«Hai visto ancor quanto il buon dio ci tiene
al gioco bello e al divertimento.
Il risultato è un canto di sirene,

seguirlo porta dritto al fallimento
se non ci metti merito e bellezza»
concluse Nils. Tornammo in movimento

fino a una sala dall'enorme ampiezza.
Dal palco usciva una passerella
che le modelle calcan con destrezza.

«Or ti regalo una sorpresa bella»
promise Nils, leggendo sul programma.
«Primo a sfilare è una vera stella.»

[18] **Mister Eugenio** – Eugenio Bersellini (Borgotaro, 10-6-36 – Prato, 17-9-17). Allenatore dell'Inter dal 1977 all'82, vinse uno scudetto e 2 Coppe Italia. Per i suoi allenamenti duri era chiamato il Sergente di ferro. Fisiologici gli scontri col Becca che amava molto meno la fatica.

CANTO X
I mercenari

DIVERTIRONO, MA SENZA AMORE PER LA MAGLIA.
CONDANNATI A SFILARE DA MODELLI, CAMBIANO ABITO
DI CONTINUO. IBRA E RONALDO IL FENOMENO

Zlatan[1] uscì sopra la passerella
e la percorse tutta fino in fondo
poi, come suole fare la modella,

fece la giravolta a tutto tondo
e, dopo, un'altra camminata ancora.
Un diavolo di nome Rubicondo

fece per gli altri la guida sonora:
«Casacca fine a strisce bianche e nere.
Si chiama il capo: la Vecchia Signora.

Zlatan adesso ci farà vedere
il bel modello, Pelle di Biscione,
con cui fu anche capocannoniere

[1] **Zlatan** – Vedi nota 11, p. 34.

e dell'Italia diventò campione».
  Vestito d'Inter, Ibra tornò fuori
  accolto da un'autentica ovazione,

e ai diavoli mostrò nuovi colori.
  Più ci pensavo, meno chiaro mi era:
  «Perché costui[2] non sta coi traditori

che sulla spiaggia fanno da bandiera?
  Giocò per le due squadre di Milano».
  «Sì, ma ci mise la passione vera»

rispose risolvendomi l'arcano
  «e regalò ovunque la bellezza:
  gol, tacchi, rovesciate da lontano

e tutto ciò che il nostro dio apprezza.
  Più della maglia, amò la propria pelle.
  Perciò noi lo troviamo a questa altezza

e non direttamente tra le stelle.
  La colpa è diventata la sua pena:
  cambiar casacca, come le modelle

[2] **Perché costui** – La perplessità di De Zerbi è legittima: Ibrahimović e Ronaldo il Fenomeno hanno giocato i derby sulle due sponde del Naviglio come Çalhanoğlu, eppure non sventolano sulla spiaggia infernale. I due hanno mostrato tanta bellezza e regalato tanta felicità alla gente da meritarsi il paradiso. Ormai lo abbiamo capito, il dio del calcio è il dio dello spettacolo. Ma prima devono espiare, perché non si sono affezionati a nessuna squadra. La loro colpa diventa la loro pena: cambiare maglia di continuo, come a una sfilata di moda.

che sculettando ingombrano la scena.
Ma presto ascenderà in mezzo ai santi.»
«Se avete esagerato con la cena

e i chili presi sono proprio tanti»
annuncia il diavolo presentatore
«vi servon capi di taglie abbondanti.

Questo, cornuti, è uno splendore…
E, attenzione, che lo vendiamo in saldo!»
Mi emozionò vedere il giocatore

uscir sul palco: il mitico Ronaldo![3]
Che non aveva pancia da modello…
«Notate il rosso che colore caldo,

il nero invece sfila e rende snello»
pubblicizzò quel tale Rubicondo.
«Segnate questo capo: Milanello.[4]

Da tempo va di moda in tutto il mondo.
Ne compri tre, io ti regalo il quarto!»
Una domanda si levò dal fondo:

[3] **il mitico Ronaldo** – Ronaldo Luís Nazário de Lima (Itaguaí, 18-9-76). Centravanti tecnico, potente e velocissimo. Cresciuto nel Cruzeiro, in Europa ha giocato con Psv, Barcellona, Inter, Real Madrid e Milan, prima di chiudere al Corinthians. Due volte campione del mondo con il Brasile (1994, 2002), 2 volte Pallone d'oro (1997, 2002).
[4] **Milanello** – Centro sportivo di Carnago (Varese), sede d'allenamento del Milan.

«Ronnie, com'è? Te sei magnato er sarto?».
Esplose una diabolica risata.
Chiesi: «Maestro, prima che io parto

e prima che finisca la sfilata,
potrei incontrare questi due campioni,
di gusto ci farei una chiacchierata?».

«Qui noi possiamo farla da padroni»
rispose Nils che mi guidò da loro.
«Quello che conta è che ti emozioni.»

Come col rosso, si scatena il toro
così fu Ibra quando m'ha scoperto
tanto che urlai: «Zlatan, t'imploro!

Non son Lukaku, son solo Roberto!
Sono venuto per voler di dio…».
Urlò con il volume di un concerto:

«Uno ce n'è e quello sono io!
Perché non sono ancora in paradiso?
È quello lì il domicilio mio!

Invece faccio Pitti… Chi ha deciso?».
Io mi schermai dietro all'allenatore
che gli rispose guardandolo in viso:

«Ricordi Gigi[5] e il suo atto d'amore?
Aveva appena vinto il gran Mondiale,
non c'era in terra portiere migliore.

Tu pensa che contratto eccezionale
strappar poteva a ogni club del mondo…
Ma la sua Juve entrò in tribunale,

lo scandalo la trascinò sul fondo
e la precipitò in Serie B.
Ci pensò Gigi per mezzo secondo,

poi scese all'inferno e la seguì
perché nel cuor aveva amore vero.
Come poteva a un'altra dire sì?

Come poteva capitan Del Piero?[6]
Tu invece sei sbarcato alla Schettino[7]
e per la somma con parecchi zero

5 **Ricordi Gigi** – Gianluigi Buffon, detto Gigi (29-1-78). Portiere cresciuto nel Parma e diventato leggenda alla Juve (2001-18, 2019-21) e in Nazionale: record di presenze (176). Campione del mondo a Berlino nel 2006. All'apice della gloria e della carriera, avrebbe potuto monetizzare il contratto della vita, invece preferì restare alla Juve, retrocessa in B per Calciopoli. Come non fece Ibra nel 2006, passato all'Inter, acerrima rivale della Signora.

6 **capitan Del Piero** – Anche Del Piero scese in B per amore. Vedi nota 5, p. 47.

7 **Schettino** – Francesco Schettino, capitano della nave *Costa Concordia* che, nella notte tra il 13 e il 14 gennaio 2012, entrò in collisione con degli scogli davanti all'Isola del Giglio. Morirono 32 persone. Schettino, che abbandonò la nave durante i soccorsi, è stato condannato a 16 anni di carcere.

ti sei venduto al soldo meneghino.
Senti il rimorso per la decisione?».
Zlatan a lui: «Neanche un pochino.

Dio non appare a Rimini e a Crotone».[8]
Allora Nils ha chiesto al brasiliano:
«E tu, Ronaldo, non senti il magone

per quanto ingrato fosti con Milano?
Moratti[9] ti ha curato come un figlio
perché riavessi il tuo ginocchio sano.

Passava ore accanto al tuo giaciglio,
ti ha coccolato e atteso per due anni.
Staccava assegni senza batter ciglio.

Guarito finalmente dai malanni,
quando pareva giunto il gran momento
di risarcire il Pres ed i suoi affanni

con tanti gol e bel divertimento,
e pure tutta la tifoseria
che ti adorava con del sentimento,

[8] **a Rimini e a Crotone** – Due squadre che parteciparono al campionato di Serie B 2006-07. A Rimini la Juve debuttò con un sofferto pareggio: 1-1 con gol di Ricchiuti e Paro, il 9-9-06.

[9] **Moratti** – Massimo Moratti (Bosco Chiesanuova, 16-5-45). Imprenditore, figlio di Angelo, presidente della Grande Inter, acquistò la società nerazzurra nel 1995 e la tenne per 21 anni, prima di cederla ai cinesi di Suning Commerce Group. Per Ronaldo provava un affetto paterno, soprattutto dopo il gravissimo infortunio del 12-4-00: rottura del tendine rotuleo.

tu come un ladro sei scappato via,
per il Real e quei trenta denari.
Un tradimento al gusto di sangria.

Tu come Zlatan: foste mercenari,
però anche la gioia della gente,
avete regalato colpi rari

e sempre un calcio fine e divertente.
Per questo salirete tra i beati.
Il dio del gioco è riconoscente,

ma non si scorda quanto foste ingrati
e che la scelta sempre non fu dritta,
perciò purgate ancor tutti i peccati

sfilando qui, col modello Giuditta.[10]
Dar retta al soldo e non badare al cuore,
è stata questa la vostra sconfitta».

Come una furia, quel presentatore
giunse e strillò: «Forza! Cambiate maglia!
Più veloci! Siete al rallentatore?

Uscite che vi aspetta la marmaglia!
Tra i diavoli è scoppiata la tensione!».
Ronaldo urlò: «Non trovo la mia taglia!».

[10] **modello Giuditta** – L'arguto Barone cita una famosa sfilata cinematografica, quella improvvisata da Roberto Benigni ne *Il piccolo diavolo*.

Intanto noi uscimmo dal salone.
Mi disse Nils quando sbucammo fuori:
«Caro Roberto, è giunto a conclusione

il viaggio tra le fiamme ed i dolori
che ti serviva per andare avanti,
per cancellare quei tuoi pochi errori.

Ora sei degno di incontrare i santi.
Tu ben lo sai e bene l'hai insegnato:
nascon dal basso le cose importanti».

Non saprei dir quant'ero emozionato.
L'eccitazion non mi faceva stanco
sebbene tanto avessi camminato.

Entrammo dentro in uno scacco bianco
di quel pallone che orbitava in cielo.
Nils avanzò e io ero al suo fianco.

Così che al Paradiso tolsi il velo.

PARADISO

CANTO XI
I mediani virtuosi

SE LA SPASSANO SU UNA SPIAGGIA CARAIBICA, SERVITI DA ANGELI CON IL NUMERO 10. GATTUSO E LODETTI

Lo duca mio non trattenne il riso
giacché mi vide a bocca spalancata.
Davvero mi sentivo in paradiso…

Spiaggia di sabbia bianca e immacolata,
mare cristallo, come alle Maldive,
santi sdraiati con un'aranciata

o con un cocktail a base di olive.[1]
«Se vuoi sapere chi sono costoro
e chi sul lido per l'eterno vive,

senza fatica e senza più lavoro,
domanda pure a uno degli eletti
che godono di legittimo ristoro.»

[1] **a base di olive** – L'invenzione del primo cocktail a base di olive, il Dirty Martini, viene attribuito al 32° presidente degli Stati Uniti d'America, Franklin Delano Roosevelt.

Così conobbi Giovanni Lodetti[2]
che di vedermi si mostrò contento:
«Ci legano i colori prediletti.

Basletta fui,[3] per via di questo mento.
Se qualche cosa qui ti fa mistero
tu chiedi a me e tosto t'accontento».

E io a lui: «Se devo esser sincero
non mi aspettavo un cielo di mediani».
Sorrise il buon Giuan: «Grazie, davvero...

Studiassi meglio Rocco e Gipo Viani[4]
avresti forse una miglior difesa.
Per una vita ho corso come i cani,

[2] **Giovanni Lodetti** – Giovanni Carlo Lodetti (Caselle Lurani, 10-8-42 – Milano, 22-9-23). Centrocampista cresciuto nel Milan con cui ha giocato dal 1961 al '70. Poi Sampdoria, Foggia e Novara. In rossonero ha vinto 2 scudetti, 2 Coppe dei Campioni, una Coppa Intercontinentale, una Coppa delle Coppe e una Coppa Italia.

[3] **Basletta fui** – Soprannome affibbiatogli da Gianni Brera per via del mento pronunciato.

[4] **Rocco e Gipo Viani** – Nereo Rocco (vedi nota 18, p. 85) e Giuseppe Ferruccio Viani, detto Gipo (Nervesa della Battaglia, 13-9-1909 – Ferrara, 6-1-69), considerati qui maestri delle strategie difensive. Punto nell'orgoglio, Lodetti ne consiglia lo studio al Giochista De Zerbi, che ha appena dimostrato scarsa stima dei mediani e ha sofferto spesso lacune difensive. Viani, grazie all'uso del libero e del Vianema, preludio del catenaccio, consentì alla Salernitana di reggere l'urto degli squadroni. Al Milan, Rocco, come allenatore, e Viani, come direttore tecnico, vinsero insieme la Coppa dei Campioni 1962-63.

ho fatto mia ogni palla contesa,
ho martellato i 10 e i grandi artisti
che se vedevan la mia gamba tesa

si tramutavan in agnelli tristi.
Rivera[5] è stato un fiore di campione,
il gran visir di tutti i milanisti,

grazie a Basletta che era il suo polmone.
Se ha alzato al cielo quel Pallone d'oro
pur stando fermo come fa un lampione

lo deve solo a tutto il mio lavoro.
Lo vedi quel che tiene la racchetta?
Il tipo biondo,[6] non quell'altro moro,

correva che sembrava in motoretta,
così che Platini,[7] re di Torino,
fumar poteva qualche sigaretta:[8]

Bonini ha nome e vien da San Marino.
Quel che con lui gioca in riva al mare
ben lo conosci, il nostro caro Rino.[9]

[5] **Rivera** – Vedi nota 20, p. 85. Lodetti correva anche per lui.
[6] **Il tipo biondo** – Massimo Bonini (Città di San Marino, 13-10-59). Mediano di corsa e lotta che militò nella Juve dal 1981 all'88. In bianconero ha vinto 3 scudetti, una Coppa dei Campioni, una Coppa Intercontinentale, una Coppa delle Coppe, una Supercoppa europea, una Coppa Italia.
[7] **Platini** – Vedi nota 14, p. 84.
[8] **sigaretta** – Gianni Agnelli vide Platini che fumava seduto in spogliatoio e chiese: «Ma lei fuma?». Michel rispose: «Avvocato, l'importante è che non fumi Bonini, è lui che deve correre».
[9] **il nostro caro Rino** – Vedi nota 15, p. 58.

Perché non scendi giù a chiacchierare?
Più non temere per quello spareggio
che tempo fa vi fece litigare,

tanto che a Foggia[10] si temette il peggio.
Chi sale qui non porta più rancore.
Gattuso non brillava nel palleggio,

ma per la squadra si spremeva il cuore.
Il dio del gioco ama il generoso
che non risparmia i giri del motore.

Per ricompensa ci dona riposo
e ci soddisfa tutti i desideri».
Allora domandai, più che curioso:

«Dimmi se retti sono i miei pensieri.
Quegli angeli col dieci sulla schiena
volan per voi? Vi fan da camerieri?».

Basletta confermò: «È una catena.
Servimmo i 10 tutta la carriera,
ora ricambiano di buona lena.

[10] **a Foggia** – Nello spareggio di ritorno a Foggia, il 12-6-16, per salire in Serie B, Gattuso e De Zerbi arrivarono quasi alle mani: espulsi entrambi. De Zerbi era l'allenatore del Foggia, Gattuso, che aveva vinto 4-2 la partita d'andata, fu colpito alla testa da una bottiglietta. La partita finì 1-1 e il Pisa tornò in Serie B.

L'angelo mio si chiama Rivera».
Per darmi prova urlò: «Ehi! Abatino!
Sono rimasto senza la Barbera,

ma può andar bene pure il Grignolino».
L'angelo piumato accorse in volo
e gli riempì il calice di vino

servendo addirittura del Barolo.
Gattuso che giocava a racchettoni
si mosse e il buon Bonini lasciò solo.

Ci abbracciammo da veri amiconi.
Sono miracoli del paradiso...
«Pirlo, Dinho, Kaká...[11] quanti campioni...

Solo a guardarli, mi arrossivo in viso
e coi miei piedi mi sentivo indegno»
raccontò Rino con mezzo sorriso.

«Non mi restava che mettere impegno,
mangiare l'erba, a tutti fare lotta,
scippar palloni coi piedi di legno

[11] **Pirlo, Dinho, Kaká** – Andrea Pirlo (vedi nota 14, p. 131); Ronaldo de Asiss Moreira, in arte Ronaldinho (Porto Alegre, 21-3-80), al Milan dal 2008 al 2011, Pallone d'oro 2005; Ricardo Izacson dos Santos Leite, in arte Kaká (Gama, 22-4-82), al Milan dal 2003 al 2009 e dal 2013 al 2014, Pallone d'oro 2007. Tre fuoriclasse che Gattuso ha assistito con corsa e lotta.

ringhiare anche in difesa di Zambrotta,[12]
sudore e sofferenza fino al pianto,
così mi guadagnavo la pagnotta.

Ma è stata una lumaca[13] a farmi santo.»
«Una lumaca?» chiesi a quel martello,
sorpreso come Nils che mi era accanto.

«Ricordo che quel giorno a Milanello
c'era nell'aria altissima tensione:
potevi farla a fette col coltello.

Mancava poco a un certo partitone,
tutti eran seri, tutti pensierosi.
Allor pensai: serve una distrazione

o ci ammaliamo tutti di nevrosi...
Così nel mezzo dell'allenamento
un lumacone sulla mano posi:

[12] **Zambrotta** – Gianluca Zambrotta (Como, 19-2-1977). Cresciuto nel Como, si è affermato nel Bari ed è passato alla Juventus nel 1999. In bianconero, ha vinto 2 scudetti e 2 Supercoppe italiane. Nel 2006 il trasferimento al Barcellona con cui ha conquistato una Supercoppa spagnola. Nel 2008 è passato al Milan, dove ha vinto uno scudetto e una Supercoppa italiana. Campione del mondo nel 2006 con Marcello Lippi che, nella Juve, lo aveva trasformato da esterno offensivo di destra a terzino sinistro.
[13] **una lumaca** – È stato Pirlo a rendere pubblico l'aneddoto. Stagione 2006-07, vigilia della semifinale di Champions League con il Manchester United. Per smorzare la tensione altissima, Rino sfidò i compagni: «Mi mangio una lumaca». Era piovuto molto e sui campi di Milanello ce n'erano in abbondanza. «Non hai coraggio...» lo provocavano. E Gattuso ingoiò il lumacone schifoso.

"Chi ci scommette un biglietto da cento
che adesso vivo e crudo me lo inghiotto?
Secondo voi, sono sincero o mento?".

"Fa schifo, dai... Mica è un biscotto"
fece Kaká, il nostro damerino.
"Invece ci scommetto e faccio il botto

perché conosco troppo bene Rino
che sempre fa ciò che si mette in testa"
spiegava Pirlo, il Mago di Berlino.[14]

Così convinse anche Maldini e Nesta.
Ogni compagno espose un'opinione
e di puntate si riempì la cesta.

Poi chiusi gli occhi ed ingoiai il boccone,
così schifoso che mi venne il pianto,
ma in questo modo sciolsi la tensione.

Mai un mediano avea sofferto tanto,
pur di aiutare tutti i suoi compagni.
Per questo, dio mi ha promosso santo.

[14] **Pirlo, il Mago di Berlino** – Andrea Pirlo (Flero, 19-5-79). Soprannominato il Maestro, per la qualità della sua regia. Campione del mondo a Berlino nel 2006. Ha iniziato la carriera a Brescia (1995-98) e l'ha conclusa a New York (2015-17). Nel mezzo: Inter (1998-99, 2000-01), Reggina (1999-00), Milan (2001-11) e Juve (2011-15). Svolta della carriera è stata il passaggio da trequartista a regista basso. Ha vinto, tra gli altri, 5 trofei internazionali con il Milan (2 Champions) e 4 scudetti con la Juventus.

Ma ora perché un poco non ti bagni?
Lo vedi che bellezza questo mare?
Al paragon, in terra abbiamo stagni.»

Chiesi al buon Nils: «Mi posso qui tuffare?».
Sorrise un sì: «Non ci son pescecani».
Rino spiegò: «E se osano attaccare

trovano i denti aguzzi dei mediani».
Stavano in acqua Furino,[15] Barella,[16]
De Napoli,[17] Tagnin[18] e quel Buriani[19]

che al Milan festeggiò la prima stella.
Tenevan fermi i piedi nella rena
per far da base ad una torricella:

[15] **Furino** – Giuseppe Furino (Palermo, 5-7-46). Mediano di grande grinta e dinamismo, detto Furia, bandiera della Juve dal 1969 al 1984.

[16] **Barella** – Nicolò Barella (Cagliari, 7-2-97). Cresciuto nella scuola calcio Gigi Riva, è arrivato all'Inter nel 2019. Detto Duracell per il moto perpetuo, ma anche Radiolina perché in campo non sta mai zitto.

[17] **De Napoli** – Fernando De Napoli, detto Nando (Chiusano di San Domenico, 15-3-64). Dal Rimini di Sacchi (1982-83) all'Avellino, dove divenne Rambo. Poi passò al Napoli di Maradona, con cui vinse 2 scudetti, una Coppa Italia, una Supercoppa italiana e una Coppa Uefa e al Milan di Capello, con cui vinse altri 2 scudetti e una Champions League.

[18] **Tagnin** – Carlo Tagnin (Alessandria, 18-11-32 – Alessandria, 13-3-00). Nella Grande Inter vinse 2 scudetti, 2 Coppe dei Campioni e una Coppa Intercontinentale. Era il francobollatore di fiducia del Mago Herrera che gli affidò Di Stéfano nella finale del Prater contro il Real Madrid (27-5-64). La Freccia Bionda si lamentò con Suárez perché Tagnin non lo mollava nemmeno quando si dissetava in panchina.

[19] **Buriani** – Ruben Buriani (Portomaggiore, 16-3-55). Detto Pannocchione, per i capelli biondi. Gran corridore, al Milan vinse il decimo scudetto, quello della stella.

a turno ognun montava sulla schiena
per poi scalare dritto verso il cielo.
Mi impressionò con quanta bella lena

i corpi risalì Felipe Melo.[20]
«Forza, Roberto, facciamo Babele!
Mica vorrai spalmarti sopra un telo?»

Gattuso mi incitò: «Vai dopo Lele!».
Così presi a scalar insieme a Oriali
che tante volte ho visto nella tele

lottar con Cruijff[21] e vincere i Mondiali.
Passai Iachini,[22] s'avvicinò la meta
mentre Gattuso urlava: «Sali! Sali!».

Infine, in alto giunsi, oltre ogni atleta.
Dell'albero celeste dei mediani,
mi avevan fatto la stella cometa

[20] **Felipe Melo** – Felipe Melo de Carvalho (Volta Redonda, 26-6-83). Chiamato il Comandante, per la forte personalità. Agonista feroce, spesso sopra le righe: 25 espulsioni in carriera. Da ragazzo praticava lo jiu jitsu brasiliano. In Italia ha giocato con Fiorentina, Juve e Inter.

[21] **Cruijff** – Hendrik Johannes Cruijff, detto Johan (Amsterdam, 25-4-47 – Barcellona, 24-3-16). Il Profeta del rivoluzionario calcio olandese: 3 Coppe dei Campioni con l'Ajax, 3 Palloni d'oro. Segnò la storia del gioco, anche come allenatore del Barcellona. Qui viene ricordato per la finale di Coppa dei Campioni del '72 vinta sull'Inter: lo marcava Oriali (vedi nota 8, p. 63).

[22] **Iachini** – Giuseppe Iachini, detto Beppe (Ascoli Piceno, 7-5-64). Soprannominato Cagnaccio per la marcatura asfissiante a centrocampo. Poi allenatore grintoso.

e festeggiaron battendomi le mani.
Li ringraziai, poi mi tuffai di sotto
con un carpiato fatto un po' da cani…

Nessuno mi scambiò per il Cagnotto.[23]
«Roberto, non ti sfugga la morale
che potrà farti ancora un po' più dotto:

senza mediani, in alto non si sale.
Per vincere servon quelli come me.
Ci vuole il pane, non basta il caviale.

Cerca un Pelé,[24] ma tieniti un Kanté.»[25]

[23] **Cagnotto** – Vedi nota 1, p. 44.

[24] **Pelé** – Edson Arantes do Nascimento, in arte Pelé (Três Corações, 23-10-40 – San Paolo, 29-12-22). Il calciatore più iconico della storia del calcio. Lo chiamavano *O Rei*, il sovrano del gioco. Calciatore e Pallone d'oro del secolo per la Fifa, nominato patrimonio storico-sportivo dell'umanità. La Fifa gli riconosce il record di 1281 gol in 1363 partite. Tre volte campione del mondo con il Brasile.

[25] **Kanté** – N'Golo Kanté (Parigi, 28-3-91). Centrocampista instancabile di origine maliane. Nel 2015-16 è stato tra i primi artefici del miracolo Leicester di Claudio Ranieri che ha trionfato in Premier League. Poi al Chelsea e in Arabia. Campione del mondo con la Francia nel 2018.

CANTO XII
Le ali fantasiose

SI DIVERTONO A DRIBBLARE ALBERI IN UN BOSCHETTO IDILLIACO. L'APPELLO DI GIGI MERONI

Passammo in uno splendido giardino
che profumava di leggiadri fiori.
Cantavan l'usignolo e il canarino,

una sorgente zampillava fuori
fino a formar un lago tra le piante
e poi farfalle di tutti i colori

che dipingevan l'aria circostante
e popolavano quel luogo ameno.
Provai una pace così rilassante

che a raccontare non provo nemmeno.
«Lo sai perché son qui tante farfalle
che in cielo formano l'arcobaleno?

Guarda che meraviglia quelle gialle…
Perché hanno casa qui le belle ali
che il 7 trasportavan sulle spalle,

poeti delle fasce laterali
amati più degli altri dalla gente
per le giocate e i numeri speciali.

Sono le ali a far la squadra divertente
come le ali fan bella la farfalla.
Il dio che regna qui onnipotente

vuol bene a chi dà gioia con la palla
e gli assicura la sede divina.»
Or tutto mi era chiaro senza falla,

ma disse Nils: «Fatti una parlatina
con quel che fu la Farfalla granata.[1]
Lo vedi? Porta a spasso una gallina».

Baffetti fini, chioma spettinata,
di seta un bel foulard avea al collo,
vestiva da persona raffinata

ed al guinzaglio conduceva il pollo.
«Sei dunque tu quel gran Gigi Meroni
che aveva genio, magico controllo

[1] **Farfalla granata** – Luigi Meroni, detto Gigi (Como, 24-2-43 – Torino, 15-10-67). Giocò nel Como (1960-62), nel Genoa (1962-64) e nel Torino (1964-67). Adorato dai tifosi per i suoi dribbling fantasiosi e per le sue stravaganze fuori dal campo. Dipingeva e giocava a poker in una mansarda, capelli lunghi e guardaroba beat. Era il Best italiano, un urlo di libertà degli anni Sessanta. Quando la Farfalla granata sembrava che potesse volare alla Juve, mezza Torino insorse e bloccò il trasferimento. Meroni morì tragicamente in corso Re Umberto, investito dalla Fiat 124 Sport Coupé di quell'Attilio Romero che sarebbe in seguito diventato presidente del Torino.

e sempre alle caviglie i calzettoni?
Conoscerti per me è un onore,
fatico a controllare le emozioni...

Ricordo che facevi anche il pittore,
in campo pennellavi cross perfetti.
Potessi averti come giocatore...»

Gigi sorrise sotto i suoi baffetti:
«Mi spiace ma sei giunto troppo tardi...
Non van di moda i 7 maledetti.

Pochi son buoni come il tuo Berardi,[2]
gli altri son tutti dei poeti finti.
Nessuno ha il talento di Leopardi,[3]

corrono dritti e li chiamano quinti.
Vanno al galoppo senza fantasia
come i cavalli chiusi nei recinti.

Era la fascia terra di magia,
è diventata terra di terzini
che ruban palla e poi la spazzan via,

[2] **il tuo Berardi** – Domenico Berardi (Cariati, 1-8-94). Esterno offensivo. Dal 2012 gioca nel Sassuolo, squadra che è stata allenata da De Zerbi. Per questo Liedholm lo definisce «il tuo Berardi».
[3] **talento di Leopardi** – Cioè: nessuna ala oggi ha talento poetico.

montan la guardia come dei soldatini.
  Bravo Darmian e bravo Bellanova[4]
  ma un tempo lì c'era Gigi Lentini[5]

che seduceva come Casanova.[6]
  Prova a guardare dentro quel boschetto,
  ora, Roberto, ti metto alla prova...

Almen lo riconosci il piccoletto?».
  Risposi: «Certo! È il grande Bruno Conti[7]
  protagonista del Mundial perfetto,

4 **Bravo Darmian e bravo Bellanova** – Matteo Darmian (Legnano, 2-12-89), Raoul Bellanova (Pogliano Milanese, 17-5-2000), due rampolli della stirpe dei quinti che ha preso il posto di quella dei poeti di fascia. Meroni cita due ex granata non a caso, per evidenziare il contrasto con Gigi Lentini che, per talento e fantasia, considera suo erede più degno.
5 **Gigi Lentini** – Gianluigi Lentini (Carmagnola, 27-3-69). Cresciuto nel Torino, è diventato presto l'idolo della Maratona, una nuova Farfalla granata. Come Meroni, Lentini amava la dolce vita, vestiva stravagante e rischiò di finire alla Juve incendiando la città. In comune anche un incidente stradale. La notte del 2 agosto 1993, Lentini si schiantò in autostrada a 200 km/h, alla guida di una Porsche, sulla quale aveva montato il ruotino. Si salvò miracolosamente dopo due giorni di coma, ma non tornò più l'esterno imprendibile di prima. Dopo il Milan (1992-96), il tramonto.
6 **Casanova** – Giacomo Casanova (Venezia, 2-4-1725 – Duchcov, 4-6-98). Scrittore, scienziato, diplomatico della Repubblica di Venezia, è diventato proverbialmente sinonimo di seduttore.
7 **Bruno Conti** – Vedi nota 5, p. 97.

i brasiliani li ridusse tonti.[8]
  Vedo anche Causio,[9] forse Donadoni.[10]
  Non mi sovvien quell'altro… Mi racconti?

Quel 7 rosso con i basettoni…».
  «Era il suo nome, ovvero il Migliore.[11]
  Dribblava tutto, anche le convenzioni.

Amava il calcio, il whiskey e le signore
  Diceva Best: "Non fossi tanto bello
  Pelé sarebbe ignoto giocatore".

Accanto a lui sta il vero gioiello,
  il dribblator più grande della storia,
  la freccia che ci fece da modello

[8] **i brasiliani li ridusse tonti** – Vedi nota 5, p. 97.

[9] **Causio** – Franco Causio (Lecce, 1-2-49). Altro virtuoso della fascia destra, anche lui campione del mondo nell'82. Negli 11 anni di Juve (1970-81) ha vinto 6 scudetti, una Coppa Uefa e una Coppa Italia. I suoi cross esaltavano Roberto Bettega. Veniva chiamato il Barone, come Liedholm, per la sua eleganza.

[10] **Donadoni** – Roberto Donadoni (Cisano Bergamasco, 9-9-63). Nato ala destra, si è poi evoluto in centrocampista completo. Cresciuto nell'Atalanta, ha fatto storia nel Milan di Sacchi e Capello. Ha vinto 6 scudetti, 4 Supercoppe italiane, 3 Champions League, 2 Coppe Intercontinentali, 3 Supercoppe europee.

[11] **il Migliore** – The Best. George Best (Belfast, 22-5-46 – Londra, 25-11-05). Leggenda del Manchester United (1963-74). Nel 1968 vinse Coppa dei Campioni e Pallone d'oro. Lo chiamavano il Quinto Beatle. Estroso, geniale in campo, sintetizzò bene il suo stile di vita fuori: «Ho speso la maggior parte dei miei soldi per donne, alcool e auto, il resto l'ho sperperato».

e che il Brasile ricoprì di gloria.
Puntava e s'ingoiava ogni terzino,
delle sue finte resta la memoria.

Lo vedi? È quel che zoppica un pochino
per colpa di una gamba un po' più corta
regalo della polio da bambino.

Ma quella camminata un poco storta
Mané[12] rendeva ancor più micidiale:
dribblava il mondo e poi finiva in porta.»

Tant'era l'emozion, da stare male…
Garrincha ondeggiava lì, davanti a me,
con la maglietta della Nazionale

(e la gallina cantò coccodè…)
faceva finte in mezzo a quel boschetto
come una volta al fianco di Pelé.

«Vedi, Roberto» allor Gigi m'ha detto
«per noi dribblar era felicità
e, grazie al buon voler del dio perfetto,

[12] **Mané** – Manoel Francisco dos Santos, detto Garrincha (Magé, 28-10-33 – Rio de Janeiro, 20-1-83). Bandiera del Botafogo (1953-65), leggenda del calcio brasiliano: due Mondiali vinti con la Seleção di Pelé (Svezia '58, Cile '62). Considerato la migliore ala destra della storia, dribbling irresistibile, reso ancora più imprevedibile dalle conseguenze della poliomielite: 6 centimetri di differenza tra una gamba e l'altra. Il soprannome Garrincha derivava da un uccellino della foresta che ritraeva bene la sua leggerezza. Era detto anche l'Angelo dalle gambe storte e l'Allegria del popolo.

lo sarà sempre, per l'eternità.
Ora che viene il tempo dell'addio,
ascolta e riferisci all'aldilà.

A cuor mi sta questo messaggio mio:
mettete al bando quell'allenatore
che sbraita: "Passa! Dalla! Fai il rinvio!"

al bimbo che tien palla con amore.
Bruciate le lavagne dentro al fuoco,
perché la tattica raffredda il cuore.

Il calcio sarà sempre e solo un gioco
da praticar con gioia e fantasia.
Non insegnate a usare il fuorigioco,

ma la trivela e ogni diavoleria
che il bimbo fa sentire onnipotente
e gli trasmette in corpo l'allegria.

Se non diverte, il calcio non è niente.
Il mondo aspetta? Tu fagli la finta
e scappa dalle attese della gente.

Solo così avrai partita vinta.
La miglior via è sempre quella nuova,
la miglior tela quella mai dipinta.

Sprona il ragazzo: "Crea! Tenta! Prova!".
Perché una gallina porto a spasso?
Perché un cane non mi sa far le uova.

Perdona se ti lascio qui di sasso,
ma devo ritornar al bosco delle ali,
dove Biavati[13] insegna il doppio passo.» 117

[13] **Biavati** – Amedeo Biavati (Bologna, 4-4-1915 – Bologna, 22-4-1979). È cresciuto e si è affermato nel Bologna con cui ha vinto 4 scudetti. Ha giocato in diverse squadre, attraversando l'Italia, da Catania a Belluno. Campione del mondo con Vittorio Pozzo nel 1938. Ala destra, veloce e virtuosa, era famoso per il doppio passo che chiamavano infatti «alla Biavati»: fintava di spostare il pallone in una direzione, senza toccarlo, e scattava nella direzione opposta colpendo il pallone con l'altro piede.

Si unì a dribblar tronchi coi sodali:
Flipper Damiani,[14] Sala il gran Poeta,[15]
Beckham e Giggs,[16] poi Frossi[17] con gli occhiali…

Nils mi chiamò: «Ci attende un'altra meta.
Con questi raffinati camerieri
un centravanti mai restava a dieta.

È proprio lì che ora ti conduco:
nel cielo dei gloriosi cannonieri».

[14] **Flipper Damiani** – Oscar Damiani (Brescia, 15-6-50), ribattezzato Flipper da Gianni Brera. Ala guizzante, buon realizzatore. Uno scudetto con la Juve ('75), ha vestito anche le maglie di Vicenza, Napoli, Milan, NY Cosmos, Parma e Lazio.

[15] **Sala il gran Poeta** – Claudio Sala (Macherio, 8-9-47). Cresciuto nel Monza, dopo una breve parentesi al Napoli, è passato al Torino (1969-80) dove ha fatto storia. Protagonista dello scudetto 1975-76, al servizio dei gemelli del gol, Pulici e Graziani. Per l'eleganza dei suoi dribbling e la precisione dei cross, lo chiamavano il Poeta del gol.

[16] **Beckham e Giggs** – David Robert Joseph Beckham (Londra, 2-5-75) e O.B.E. Ryan Joseph Giggs, nato Ryan Joseph Wilson (Cardiff, 29-11-73), ala destra e ala sinistra del leggendario Manchester United di sir Alex Ferguson. Insieme divennero campioni d'Inghilterra, d'Europa e del mondo. Beckham, che giocò in due riprese anche nel Milan (2009, 2010), non aveva gran dribbling, il suo punto di forza era la precisione del calcio: lanci, cross, punizioni. Giggs invece amava puntare l'uomo e partire palla al piede.

[17] **Frossi** – Annibale Frossi (Muzzana del Turgnano, 6-7-1911 – Milano, 26-2-99). Velocissimo (correva i 100 metri in 11" e 4, palla al piede) giocava con gli occhiali a causa della miopia. Si riempì di gloria davanti a Hitler nell'Olimpiade del '36: segnò in tutte le partite del torneo, 7 gol che lo laurearono capocannoniere e che portarono l'oro alla Nazionale di Vittorio Pozzo. All'Ambrosiana-Inter (1936-42) vinse 2 scudetti e una Coppa Italia. Da allenatore, teorizzò lo 0-0 come il risultato perfetto. Laureato in Legge, lo chiamavano il Dottor Sottile.

CANTO XIII
I grandi cannonieri

CALCIANO IN PORTE ENORMI A PORTIERI SCARSI. DE ZERBI PARLA CON PAOLO ROSSI E VIALLI. L'INVETTIVA DI GIGI RIVA

Mai vidi porte di tal dimensioni:
come traversa il muro di Berlino
e pali lunghi come dei lampioni.

Il portiere pareva un sassolino
davanti alla caverna di un gigante.
Potea mai parare il poverino

il tiro che scoccava l'attaccante?
«Goditi Marco!»[1] disse il mio patrigno.
«Nessuno troverai più elegante,

a buon ragione lo chiamavan Cigno...»
Se penso al giorno che lasciò il pallone,
ancora adesso d'emozione frigno...

[1] **Marco** – Vedi nota 25, p. 39.

Vidi calciar Totò,[2] il Re Leone,[3]
Piola,[4] Meazza,[5] Pippo[6] e Boninsegna,[7]
l'ariete Nordahl,[8] detto il Pompierone.

[2] **Totò** – Salvatore Schillaci (Palermo, 1-12-64 – Palermo, 18-9-24). Attaccante veloce e dal gran tiro. Protagonista delle notti magiche di Italia '90, i suoi 6 gol trascinarono gli azzurri al terzo posto mondiale. I suoi occhi spiritati hanno fatto storia. Cresciuto nel Messina, ha giocato nella Juve (1989-92) e nell'Inter (1992-94).

[3] **il Re Leone** – Gabriel Omar Batistuta (Avellaneda, 1-2-69). Centravanti argentino. Ha giocato nel River Plate e nel Boca Junior, prima di sbarcare in Italia. Alla Fiorentina (1991-00): 168 gol in 269 partite, Coppa Italia, Supercoppa italiana e record di reti in Serie A nella storia del club. Alla Roma (2000-03) ha vinto uno scudetto e una Supercoppa italiana (2001).

[4] **Piola** – Silvio Piola (Robbio, 29-9-1913 – Gattinara, 4-10-96). Il cannoniere che ha segnato più gol in Serie A (274), il terzo per reti in Nazionale (30) dietro a Riva (35) e Meazza (33). Campione del mondo in Francia nel '38. Ha vestito la maglia di Pro Vercelli, Lazio, Torino, Juve e Novara.

[5] **Meazza** – Giuseppe Meazza, detto Peppino (Milano, 23-8-1910 – Lissone, 21-8-79). Milanese di Porta Vittoria, esordì giovanissimo nell'Ambrosiana Inter (1927-40) meritandosi il soprannome di Balilla. In nerazzurro vinse 3 scudetti e una Coppa Italia. Due titoli mondiali ('34, '38) nella Nazionale di Vittorio Pozzo. Secondo solo a Riva (35) per gol azzurri: 33. Fu il primo campione popolare, in senso moderno: faceva pubblicità, celebrato nelle canzoni, frequentava i night e si presentava al campo con il cappotto sopra il pigiama. Riposa al Famedio di Milano, accanto a Candido Cannavò, storico direttore della *Gazzetta*.

[6] **Pippo** – Si tratta di Filippo Inzaghi, detto Pippo (Piacenza, 9-8-73). Intelligenza tattica e fame agonistica compensavano modesti mezzi fisici e tecnici. Ha segnato tanto ovunque: Leffe, Verona, Piacenza, Parma, Atalanta, Juve, Milan. È l'italiano ad aver segnato più reti nelle competizioni Uefa per club: 70. Nel 2007, con due doppiette in finale, decise la Champions League e il Mondiale per club. Campione del mondo a Berlino nel 2006.

[7] **Boninsegna** – Roberto Boninsegna (Mantova, 13-11-43). Centravanti d'area, potente, forte in acrobazia. Per Gianni Brera era il nano Bagonghi o semplicemente Bonimba. Due volte capocannoniere in Serie A. Nei sette anni di Inter (1969-76), ha vinto uno scudetto ('71), nei tre anni di Juve (1976-79) ne ha conquistati altri due ('77, '78), più Coppa Italia e Coppa Uefa. Vicecampione del mondo nel 1970, con due gol storici a Germania e Brasile, in semifinale e in finale.

[8] **Nordahl** – Nils Gunnar Nordahl (Hörnefors, 19-10-1921 – Alghero,

Come il maestro che alla scuola insegna,
Nils mi spiegò quelle porte giganti:
«Il dio del gioco che sovrano regna

ha sempre amato tutti i centravanti
che con i gol regalan gioia al cuore.
L'azione è strategia di amanti.

Il gol è bacio, premio all'amore,
è la conquista, è l'appagamento.
Il 9 è lo scaltro seduttore[9]

che del tifoso ruba il sentimento.
Il giusto omaggio è la mega-porta
che per l'eterno lo farà contento,

perché se anche la mira gli va storta
e il tiro gli vien fuori un po' centrale
trova portieri dalla vista corta...[10]

15-9-95). Centravanti di sfondamento detto il Pompierone per la mole e l'irruenza. Con i connazionali Gren e Liedholm, al Milan, componeva il famoso Gre-No-Li. In rossonero dal 1949 al '56, Nordahl segnò 210 gol in 257 partite, vincendo 2 scudetti. Con la Nazionale svedese ha vinto l'oro all'Olimpiade di Londra '48, capocannoniere del torneo. Ha giocato anche nella Roma (1956-58) segnando 15 gol in 34 partite.

9 **lo scaltro seduttore** – Vedi nota 6, p. 138.

10 **portieri dalla vista corta** – Il dio del calcio vuole un gran bene ai suoi cannonieri che regalano gioia con i gol. Non solo permette loro di calciare per l'eternità in porte gigantesche, ma, per garantire la certezza del gol, piazza tra i pali alcuni dei portieri più maldestri della storia.

Dovresti riconoscerlo quel tale
che ha ambo le mani fatte di ricotta
come sa Klopp[11] dopo quella finale.[12]

[11] **Klopp** – Jürgen Norbert Klopp (Stoccarda, 16-6-67). Alla guida del Borussia Dortmund (2008-15), ha vinto 2 Bundesliga e 3 coppe nazionali; con il Liverpool (2015-24) Champions League, Mondiale per club e Supercoppa europea. È stato sconfitto due volte in casa, a Old Trafford, dall'Atalanta di Gasperini: in Champions League (2020) e in Europa League (2024).

[12] **quella finale** – Si riferisce a Loris Sven Karius (Biberach an der Riß, 22-6-93), portiere tedesco. A 16 anni era già nelle giovanili del Manchester City, a 19 diventava il più giovane portiere esordiente in Bundesliga (Magonza). A 23 passò al Liverpool. Eccellenti mezzi atletici, buona tecnica e grande reattività. Ma la sera del 26-5-18, in occasione della finale di Champions League, la sua reputazione s'inabissò: rinviò il pallone con le braccia addosso a Benzema, causando il vantaggio spagnolo, e agevolò anche il raddoppio di Bale. Il Real vinse 3-1. Nella notte più importante, la carriera di Karius venne segnata da inchiostro indelebile.

L'unica presa è stata la Leotta.[13]
Vedi Taibi[14] e il povero Barbosa?».[15]
Allor mi domandò la guida dotta:

«Perché, Roberto, non chiedi qualcosa
a quel ragazzo che si fece mito
segnando una tripletta prodigiosa?».

Col cuore in festa lo abbracciai: «Pablito!».[16]
Quel bel sorriso gli splendeva in volto
che figlie e nonne aveva intenerito.

[13] **Leotta** – L'ironia di Nils infierisce: unica presa sicura del portierone tedesco, dopo gli erroracci di Kiev, è stata Diletta Leotta (Catania, 16-8-91), la conduttrice televisiva che Karius ha sposato il 22-6-24 sull'isola di Vulcano e dalla quale ha avuto una figlia, Aria Rose.

[14] **Vedi Taibi** – Massimo Taibi (Palermo, 18-2-70). Già portiere di Piacenza, Milan e Venezia, nella stagione 1999-00 venne chiamato da Alex Ferguson al Manchester United. Bastarono al *Times* 4 partite in Premier per inserirlo al primo posto della classifica dei portieri peggiori visti nel campionato inglese. Etichettato come «il cieco di Venezia».

[15] **il povero Barbosa** – Moacir Barbosa Nascimento (Campinas, 27-3-1921 – Praia Grande, 7-4-00). Il portiere del Maracanazo, la più traumatica sconfitta del calcio brasiliano, 16-7-50: alla Seleção bastava un pareggio per vincere il titolo mondiale in casa davanti a duecentomila spettatori. Il Brasile passò in vantaggio, ma nel finale Schiaffino e Ghiggia ribaltarono il risultato e l'Uruguay, acerrimo nemico, fece festa al Maracanã. Si registrarono una decina di infarti brasiliani e un paio di suicidi di tifosi disperati che si lanciarono nel vuoto. Moacir Barbosa diventò il capro espiatorio, non gli perdonarono mai quei due gol. Nel '70 entrò in un negozio e sentì una madre dire alla figlia piccola: «Vedi quell'uomo? Ha fatto piangere tutto il Brasile». Era il sentimento dominante del Paese. Durante Usa '94, Moacir provò a far visita al ritiro della Seleção, ma non lo lasciarono entrare. Morì in povertà, dopo aver fatto per anni il guardiano di una piscina. Il dio del calcio lo ha perdonato. È vero che continua a prendere gol in una porta enorme, come gli era sembrata quella del Maracanazo, però sta in paradiso.

[16] **Pablito** – Vedi nota 7, p. 55.

Perché sì ratto il Fato ce l'ha tolto?
Così parlò con la sua gentilezza:
«Quel dì che Valdir Peres[17] ho travolto

vidi la porta di questa grandezza...
Bastava che calciassi in mezzo ai pali
e di far gol avevo la certezza.

Zico[18] e Falcão[19] sembravano immortali
ma sul mio capo cadde la magia
e ci trovammo a vincere i Mondiali.

Chiedo un favore, prima che vai via,
se la tua gamba ancora non è stanca.
Io so che adesso la tua guida pia

[17] **Valdir Peres** – Valdir Peres de Arruda (Garça, 2-1-51 – Mogi das Cruzes, 23-7-17). La sconfitta del fortissimo Brasile contro l'Italia, al Mondiale dell'82, fu un altro Maracanazo e il portiere di quella Seleção, Valdir Peres, che subì l'epica tripletta di Paolo Rossi, fu un altro Barbosa. Neppure a lui perdonarono mai quella sconfitta di cui, in realtà, non fu più responsabile di altri. In paradiso, comunque, gli tocca prendere ancora gol da Pablito.
[18] **Zico** – Arthur Antunes Coimbra, in arte Zico (Rio de Janeiro, 3-3-53). Una vita per il Flamengo (1971-89) con l'indimenticabile parentesi friulana (Udinese, 1983-85). Lo chiamavano il Pelé Bianco, il *Galinho* (Galletto); è stato una delle divinità brasiliane più venerate, l'assoluto padrone del Maracanã: 333 gol in 435 partite. Nessuno più di lui.
[19] **Falcão** – Vedi nota 2, p. 96.

ti condurrà dai santi della panca.
Ricorda al Vecio[20] quanto gli son grato
dagli un abbraccio e digli che mi manca».[21]

Così dicendo sistemò sul prato
la palla che calciò con un bel tiro:
il povero Valdir non l'ha parato.

Qui una voce mi levò il respiro,
giunse a sorpresa da dietro la nuca.
«Visto che in cielo te ne vai in giro

puoi fare da postino anche a Gianluca?»
Era Vialli[22] coi bei ricci in testa,
giovane come ai tempi di Pagliuca.[23]

[20] **al Vecio** – Enzo Bearzot (Joannis, 26-9-27 – Milano, 21-12-10). Mediano di Catania, Inter e Torino, poi allenatore e dal '69 tecnico federale. Al Mondiale '78 ha forgiato la sua giovane Italia che quattro anni più tardi, in Spagna, ha conquistato il mondo. Il Mondiale '82 è stato il capolavoro del Vecio e delle sue scelte coraggiose, più che di qualsiasi altro.

[21] **digli che mi manca** – Il legame d'affetto che lega Pablito al Vecio resiste al tempo e alle distanze, vale in cielo come in terra. Bearzot puntò su un centravanti fermo da due anni e lo confermò anche dopo le prime pessime partite. Solo con la logica dell'amore si può comprendere un tale salto nel vuoto, una simile fede oltre la ragione. Il dolce messaggio di Paolo affidato a De Zerbi fa tenerezza.

[22] **Era Vialli** – Fa tenerezza anche ritrovare un'altra anima bella, quella di Gianluca Vialli (Cremona, 9-7-64 – Londra, 5-1-23), con i riccioli di gioventù e non prostrato dalla malattia. Cresciuto nella Cremonese, ha scritto la storia della Sampdoria (1984-92), prima di passare alla Juve (1992-96) e di chiudere al Chelsea (1996-99). Alla Samp ha vinto lo storico, primo, scudetto del 1991 e altri trofei; alla Juve, l'ultima Champions League ('96). Bronzo a Italia '90. È stato allenatore, opinionista e dirigente federale.

[23] **Pagliuca** – Gianluca Pagliuca (Bologna, 18-12-66). Portiere esplosivo e atletico, eccellente para-rigori. Nella Samp (1987-94) e all'Inter (1995-

Non saprei dir quanto gli feci festa
e quanto il cuor mi si riempì d'affetto
per quella splendida persona onesta

che anche alla Morte usava del rispetto
e sempre ci sarà d'ispirazione.
«Se pur avendo il cuore dentro il petto,

tu puoi vagar tra le anime più buone,
vuol dir che dio è tuo fratello…
Puoi chiedere per me l'intercessione?

Tu stai salendo nel divino ostello
dov'è Pelé e dove Maradona.
Lì tra i gran 10 sta il mio gemello.

Mi manca quanto a un re la sua corona…
Senz'amicizia,[24] non è paradiso.
Un giorno insieme dio non ce lo dona?

99) le sue stagioni migliori. Con la maglia blucerchiata ha conquistato uno scudetto, 3 Coppe Italia, una Supercoppa italiana e una Coppa delle Coppe. In nerazzurro: una Coppa Uefa. Passato al Bologna (1999-06), ha chiuso la carriera ad Ascoli (2007). Ha disputato tre Mondiali: quello italiano del 1990, quello americano del 1994 e quello francese del 1998. Primo portiere a essere espulso nella fase finale di un Mondiale, a New York, contro la Norvegia, durante Usa '94.

[24] **Senz'amicizia…** – La beatitudine del paradiso non è tale, se non condivisa con un amico. È la bella riflessione di Gianluca che chiede di poter rivedere presto Roberto Mancini (vedi nota 4, p. 61). I gemelli del gol hanno scritto insieme la favola della Samp del presidente Paolo Mantovani e, insieme, uno da c.t., l'altro da capo delegazione, hanno pilotato il trionfo a Euro '21. Quell'ultimo abbraccio in lacrime, dopo la finale di Wembley, ce l'abbiamo ancora sulla pelle.

Riunire ancora ciò che fu diviso.
Puoi chiederlo, ti prego, al Padre Eterno?»
Qui l'imbarazzo mi stravolse il viso...

Potevo dirgli: il Mancio sta all'inferno,
con gli occhi chiusi sui carboni ardenti?
Ferir non volli[25] l'amore fraterno

e m'impegnai con falsi giuramenti:
«Luca, vedrai che sono buon profeta,
e presto dio vi farà contenti.

La coppia che la Samp più rese lieta
si ricongiungerà in questo suolo
per il terrore di Zubizarreta...».[26]

Vialli per la gioia calciò al volo:
viaggiò la palla sorvolando il prato
e fece secco l'arquero spagnolo.

[25] **Ferir non volli** – De Zerbi non se la sente di svelare a Luca che l'amico Mancio sta espiando all'inferno con le monete sugli occhi e quindi non potrà salire in paradiso. Una bugia affettuosa.

[26] **Zubizarreta** – Andoni Zubizarreta Urreta (Vitoria, 23-10-61). Ha difeso i pali di Bilbao Athletic, Barcellona e Valencia. Ha parato fino a 37 anni (quasi 900 partite). È considerato uno dei più forti portieri della storia. Non occupa una porta gigante perché scarso, come altri colleghi nel cielo dei bomber, ma per consentire al beato Vialli di prendersi una rivincita eterna. Il portiere basco, infatti, difendeva la rete del Barcellona nella finale di Coppa Campioni '92, a Wembley, persa dalla Samp per una punizione di Ronald Koeman.

In quel momento esplose un gran boato
come di bomba oppur di temporale.
Per il terrore persi tutto il fiato,

sul viso un pallore d'ospedale.
Corsi dalla mia guida protettiva.
«Robi, tranquillo, è tutto normale.

Succede quando calcia Gigi Riva.»[27]
Lui mi rivolse un'occhiata storta:
«Se non mi sbaglio, sei persona viva

con poche candeline sulla torta.
Continua pure a costruir dal basso,
ma quando insegni il vero tiro in porta?

La palla va scagliata come un sasso.
Secco, di collo: questo è un tiro!
Non lento e molle come un materasso,

la triste moda dei tiretti a giro…
A scuola va cambiata la lezione:
i tiraggigi e non più i tiraggiro![28]

[27] **Gigi Riva** – Luigi Riva, detto Gigi (Leggiuno, 7-11-44 – Cagliari, 22-1-24). Lanciato dal Legnano, è sbarcato in Sardegna nel 1963 per diventarne la bandiera di una vita, rifiutando sempre le proposte dei grandi club del Nord. Ha regalato al Cagliari lo scudetto più rivoluzionario della nostra storia (1970), una gioia che ha riempito d'orgoglio tutta l'isola e l'ha avvicinata al continente. Detiene il record dei gol in Nazionale: 35. Campione d'Europa nel '68 e vicecampione del mondo nel '70.

[28] **tiraggiro** – Termine napoletano, associato al partenopeo Lorenzo Insigne, specialista in questo tiro particolare: la palla, colpita di striscio con la parte interna del piede, si carica di effetto, curva nell'aria e s'infila in rete accanto al palo più lontano.

Ricordi di Levratto[29] la canzone?
Oggi chi c'è che può spaccar le reti?
Dove lo trovi un piede da cannone?

Molto più facile trovare lo Yeti...
Un giorno a Roma ho calciato un razzo
che sarebbe precipitato a Rieti,

colpì al braccio un povero ragazzo:[30]
finì col gesso nel pronto soccorso.
Gliel'ho firmato, era felice pazzo.

Io non calciavo come Mario Corso.[31]
Se mai un ragazzo oggi viene colpito,
al medico giammai farà ricorso,

[29] **Levratto** – Virgilio Felice Levratto (Carcare, 26-10-1904 – Genova, 30-6-68). Giocò nel Genova 1893, nell'Ambrosiana-Inter e nella Lazio. Attaccante dal tiro potentissimo, lo chiamavano lo Sfondareti perché le sfondava per davvero. Il Quartetto Cetra lo omaggiò in una canzone: «*Sei meglio di Levratto / ogni tiro va nel sacco / oh, oh, oh, che centrattacco!!!*».

[30] **un povero ragazzo** – Si chiama Danilo Piroddi, all'epoca aveva 9 anni. Stagione 1970-71, quella successiva allo scudetto. Il Cagliari si allenava a Roma, nell'impianto dell'Acqua Acetosa. Danilo, grande tifoso di Riva, si piazzò dietro una porta con il padre per ammirare l'attaccante che calciava. Una pallonata gli fratturò un braccio in due punti: ulna e radio. Gigi andò a trovarlo in ospedale.

[31] **Mario Corso** – Mario Corso (Verona, 25-8-41 – Milano, 20-6-20). Centrocampista della Grande Inter, tecnico e fantasioso. Lo chiamavano il Piede sinistro di dio. Il mancino di Gigi Riva era tutta un'altra cosa, era un cannone. Le *foglie morte* di Mariolino, cioè le punizioni che cadevano in rete appena oltre la barriera, stavano agli antipodi delle bordate di *Giggirriva*. Per questo cita proprio lui.

al massimo gli viene del prurito.
Se vuoi contar chi con la palla spacca,
ti basterà usar un solo dito.

Altri non vedo, oltre quel tal Scamacca.[32]
Un consiglio per capir se è buono
o se quell'attaccante vale un'acca:

quando lui tira, tu ascolta il suono».
Calciò una cannonata col mancino
e udimmo ancor il gran rombo di un tuono.

Lo mio Maestro allor venne vicino:
«È tempo di salire in altro cielo
dove t'accoglieran da beniamino.

Per il momento io altro non ti svelo».

[32] **Scamacca** – Gianluca Scamacca (Roma, 1-1-99). Nel tiro secco e potente del centravanti dell'Atalanta, tra tanti *tiraggiro*, Riva riconosce qualcosa di suo.

CANTO XIV
I sommi numeri dieci

PALLEGGIANO PEZZI DI NUVOLE CHE CASCANO DAL CIELO.
DE ZERBI PARLA CON BAGGIO E ZOLA, POI UNA SORPRESA

Per man mi prese e noi lasciammo il suolo.
Sopra il pallon a scacchi bianchi e neri,
mi ritrovai sospeso in dolce volo.

Ci libravam, come aquile, leggeri.
«Robi, sta per finir il nostro viaggio.
Ancor tre cieli e tornerai dov'eri.

Eccoci al primo, cerca l'atterraggio
accanto al santo che porta il codino.»
Planando balbettai: «Roberto Baggio…».[1]

Nuvole bianche nel cielo turchino,
una cascò, a forma di una palla.
Con grazia la stoppò il vicentino,

[1] **Roberto Baggio** – Vedi nota 27, p. 40.

la palleggiò di testa e con la spalla
prima di consegnarla con la suola
al tipo che gli aveva chiesto: «Dalla!».

Altro non era che Gianfranco Zola.[2]
Mi spalancò la meraviglia gli occhi…
Come la neve giù dal cielo cola,

così cascavan quelle nubi a fiocchi
e tutte tonde a forma di pallone.
Non saprei dir con quali dolci tocchi

le raccoglievan le sante persone,
non una sola che cascasse al suolo,
perfetto era ogni stop, una lezione.

Se le passavano con tocchi al volo
formando alcuni piccoli torelli.[3]
A lungo rimirai quel dolce stuolo

[2] **Gianfranco Zola** – Gianfranco Zola (Oliena, 5-7-66). Fantasista dalla tecnica raffinatissima, specialista nei calci piazzati. Sbarcato al Chelsea nel '96, ha fatto innamorare gli inglesi che lo hanno ribattezzato *Magic Box* e insignito del titolo di Ufficiale onorario dell'Ordine dell'Impero Britannico. Meno profeta in patria: Ancelotti non lo volle a Parma, per ragioni tattiche, e lo indusse all'esilio londinese. A Napoli (1989-93) vinse scudetto e Supercoppa italiana al fianco di Maradona. In bacheca anche una Coppa Uefa (Parma), una Coppa delle Coppe (Chelsea), 2 Supercoppe europee (Parma, Chelsea) e 3 trofei inglesi (Chelsea). Chiuse la carriera nella sua terra, a Cagliari (2003-05), prima di diventare allenatore.

[3] **torelli** – Esercitazione con la palla, tipica del riscaldamento pre-partita o pre-allenamento. Alcuni giocatori si dispongono in cerchio e si passano il pallone di prima. Uno o due compagni, all'interno del cerchio, cercano di intercettarlo.

e realizzai in cosa eran fratelli
appena un poco d'attenzione feci:
non eran piedi, quelli, ma gioielli,

stavo nell'eden dei numeri dieci.
Vidi Kaká scambiare con Rivera[4]
e con il Genio[5] che incantò i greci.

Bailava quella nuvola leggera
tra Dinho, Zico[6] e i tacchi brasiliani.
Rui la passava[7] alla Pantera Nera[8]

[4] **Kaká… Rivera** – Vedi note 11 e 20, pp. 129 e 85.

[5] **il Genio** – Dejan Savićević (Titograd, 15-9-66). A ribattezzarlo Genio fu il talentuoso giornalista della *Gazzetta dello Sport*, Germano Bovolenta. Fantasista montenegrino dal talento purissimo. Vinse la prima Champions League (allora ancora per poco denominata Coppa dei Campioni) con la Stella Rossa (1991), poi passò al Milan (1992-98), dove vinse la seconda, in finale contro il Barcellona, ad Atene, nel '94. «Incantò i greci» con una parabola magnifica che finì alle spalle di Zubizarreta (vedi nota 26, p. 153).

[6] **Dinho, Zico** – Palleggiatori di nuvole a tema, diremmo. Prima i milanisti, ora i brasiliani e poi vedremo i portoghesi. Dinho (vedi nota 11, p. 129), Zico (vedi nota 18, p. 150).

[7] **Rui la passava** – Rui Manuel César Costa (Lisbona, 29-3-72). Benfica (1991-94), Fiorentina (1994-01), Milan (2001-06), Benfica (2006-08) la sua parabola di fuoriclasse. Numero 10 elegante, dalla tecnica eccelsa. In rossonero, ha vinto una Champions League (2003) e uno scudetto (2004).

[8] **Pantera Nera** – Eusébio da Silva Ferreira (Lourenço Marques, 25-1-42 – Lisbona, 5-1-14). Uno dei grandissimi della storia, considerato il primo fuoriclasse di origine africana: era nato in Mozambico. Pallone d'oro nel '65, miglior cannoniere nella storia del Benfica: 638 gol in 614 partite. Attaccante potente e tecnico, correva i 100 metri in 11". Con il club di Lisbona, ha vinto la Coppa dei Campioni '62. Bronzo con il Portogallo al Mondiale del '66.

che inorgogliva tutti i lusitani.
  Totti colpì con tiro a cucchiaino,
  come quel giorno contro i tulipani,[9]

e fece volar via l'uccellino[10]
  che stava sulla spalla di Del Piero.[11]
  Vedere insieme Sandro e Valentino[12]

mi diede al cuor un fremito leggero.
  Allor mi domandò Roberto Baggio:
  «Perché non nasce più un 10 vero?

[9] **tulipani** – Il 29-6-00, ad Amsterdam, semifinale del campionato europeo, Olanda e Italia conclusero i tempi supplementari sul risultato di 0-0. Francesco Totti (vedi nota 4, p. 46) calciò il terzo rigore per gli azzurri. Incamminandosi dal centrocampo promise: «*Mo' je faccio er cucchiaio*». I compagni pensavano che scherzasse, invece fece lo scavetto per davvero e la parabola beffò il portiere Van der Sar. L'Italia vinse 3-1.

[10] **uccellino** – Da anni, Alessandro Del Piero (vedi nota 5, p. 47), dialoga con un uccellino in un popolare spot pubblicitario di un'acqua minerale. La voce dell'uccellino è di Marcello Cesena, attore, sceneggiatore, comico, il Jean-Claude della Gialappa's Band.

[11] **Del Piero** – Vedi nota 5, p. 47.

[12] **Sandro e Valentino** – Tenero quadretto familiare in un angolo di paradiso. Alessandro Mazzola, detto Sandro (Torino, 8-11-42), storica bandiera della Grande Inter (1960-77) con cui vinse, tra l'altro, 2 Coppe Campioni e 2 Intercontinentali, palleggia con papà Valentino (Cassano d'Adda, 26-1-1919 – Superga, 4-5-49), leggenda del Grande Torino, che perì tragicamente a Superga. In cielo come al Filadelfia, quando Valentino portava all'allenamento Sandrino, che calciava a Bacigalupo.

Chi sa inventare l'ultimo passaggio?
Non resta che seguir Paulo Dybala,[13]
nel gran deserto l'unico miraggio.

Sembra tornata la stagione mala,
del quattro-quattro-due, la tirannia
che tanti 10 ha deportato all'ala».

«Oppure a Londra, la condanna mia.
Ma poi andò a Canossa il buon Carletto[14]
che te non volle e me ha cacciato via.

[13] **Paulo Dybala** – Paulo Bruno Exequiel Dybala (Laguna Larga, 15-11-93). Fantasista argentino dai piedi raffinati, detto *la Joya*, per la bellezza che regala in campo. Campione del mondo in Qatar nel 2022. Palermo (2012-15), Juve (2015-22) e Roma (dal 2022) le sue squadre italiane. In bianconero ha vinto 5 scudetti, 4 Coppe Italia e 3 Supercoppe italiane.

[14] **il buon Carletto** – Carlo Ancelotti (Reggiolo, 10-6-59). Ha vinto tutto nel Milan Immortale di Arrigo Sacchi, che lo ha avviato al mestiere di allenatore. Per fedeltà dogmatica al 4-4-2 del maestro, che mal sopportava la figura del trequartista, Ancelotti non volle nel suo Parma ('96) Baggio e lasciò partire Zola. Poi «andò a Canossa», cioè ammise l'errore e, alla guida del Milan, vinse tutto con un pugno di numeri 10 distribuiti in campo: Rui Costa, Seedorf, Pirlo, Ronaldinho… Oggi è celebrato come il tecnico più vincente della storia e guida un Real Madrid zeppo di qualità tecnica: Bellingham, Mbappé, Vinícius…

Di 10 al Milan ne creò un quartetto,
Seedorf[15] e Kaká, poi Pirlo[16] con Rui Costa,
per conquistare il mondo e lo scudetto»

aggiunse Zola. Non diedi risposta.
Così parlò il mito di Caldogno:
«Quando un bambino al calcio lui s'accosta,

porta la gioia del suo grande sogno.
Ci mette cuore, impegno e fantasia,
vuole crear bellezza, ne ha bisogno,

inventa finte, cerca la magia.
Poi si ritrova fisso a una lavagna,
costretto a imparar la geometria:

le diagonali, schemi e quella lagna
che fan scappar tutto il divertimento.
Perché non impariamo dalla Spagna

dove gioioso cresce il bel talento?
Il 10 non si fa in laboratorio,
ma sboccia come un fiore dal cemento,

[15] **Seedorf** – Clarence Clyde Seedorf (Paramaribo, 1-4-76). Centrocampista di sostanza, carisma e grande qualità tecnica, detto per questo il Professore. Unico calciatore ad aver vinto la Champions League in tre club diversi: Ajax, Real Madrid e Milan. Ha vestito anche le maglie di Samp, Inter e Botafogo.
[16] **Pirlo** – Vedi nota p. 14, p. 131.

dribblando tutto quanto all'oratorio,
in classe palleggiando i cancellini.
Serve una legge di Montecitorio

per proibire la tattica ai bambini.
Non ti scordar mai più ciò che vedesti:
i calciatori a dio più vicini

sono i Palleggianuvole celesti.
Tu studia pur le linee di passaggio
e come far scalar i quinti e i sesti,

ma vincerai se avrai gli Zola e i Baggio.
E se lo vedi, abbracciami Mazzone».[17]
Di cuor lo ringraziai: «Certo più saggio

mi renderà la tua dotta lezione».
Fu allor che il nome mio suonò lontano.
Era un gruppetto di cinque persone

[17] **Mazzone** – Carlo Mazzone (Roma, 19-3-37 – Ascoli Piceno, 19-8-23). Detiene il record di panchine in Serie A: 797. Come Pablito, anche Baggio manda un saluto a un suo vecchio allenatore, cui era legato da affetto profondo. Il Codino ha avuto rapporti complicati con più di un mister (Sacchi, Lippi, Capello…). In Mazzone ha trovato un padre. Lo ha ricordato così: «Carletto è stato un gigante di umanità. Una perla rara, un esempio prezioso. Per lui avrei fatto l'impossibile. Gli ho voluto bene perché è sempre stato un uomo puro. Dicevano che rompevo gli spogliatoi e litigavo con gli allenatori. Cazzate! Mazzone, un uomo di sensibilità superiore, lo aveva capito subito. Auguro al suo viaggio il riposo nella luce più bella».

e una mi chiamava con la mano.
Mai fui così vicino a un infarto…
C'eran Pelé, il mito brasiliano,

Cruijff, Platini, Di Stéfano[18] era il quarto.
Diego mi fece diventare rosso:
«Vieni, Roberto, che facciam reparto!».

Mi vergognai: «Grazie, ma io non posso…».
Mi prese per un polso Maradona:
«Certo che puoi. Avevi il 10 addosso,

giocavi dove fan la pizza buona.
Siam due fratelli e presto ancor di più,
perché tu allenerai il mio Barcellona.

Stoppa la nube che sta scendendo giù!».
Pelé me la indicò facendo un cenno,
io l'aspettai con gli occhi fissi in su.

Così fui sesto tra cotanto senno.

[18] **Di Stéfano** – Alfredo Di Stéfano Laulhé (Barracas, 4-7-26 – Madrid, 7-7-14). La leggendaria Freccia Bionda (*Saeta Rubia*) del Real Madrid (1953-64): 5 Coppe dei Campioni. Giocatore moderno, completo, decisivo in ogni zona del campo. Potente, veloce, di grande tecnica. Ala, centravanti, centrocampista, ma, all'occorrenza, ha fatto anche il terzino. Ha giocato anche con le maglie di River Plate, Huracán, Millonarios, Espanyol. Tra club, Nazionale argentina e Nazionale spagnola, ha segnato 516 gol in 707 partite.

CANTO XV
I beati allenatori

I PIÙ IMPORTANTI MISTER DELLA STORIA INVITANO DE ZERBI A TORNARE IN PANCHINA. IL DISCORSO DI ARRIGO SACCHI

Palleggiar nubi col Pibe e l'O Rei:
potete immaginare l'emozione…
Fosse per me, ancora lì sarei…

Ma come il bimbo alla ricreazione,
fui richiamato dal maestro saggio:
«Dobbiamo proseguire l'ascensione.

Siamo alla meta di codesto viaggio:
la Coverciano di tutto il Creato.
Lì troverai chi ti darà coraggio».

Il nuovo cielo era un immenso prato,
avvolto da idilliaca campagna,
un manto curvo e molto ben curato

che per il golf sarebbe una cuccagna.
Ma invece che buche e bandierine,
ogni tanto spuntava una lavagna

circondata dalle anime divine
che leste s'ammassavan all'intorno
come col pane fan le formichine.

«Parliam di calcio per l'intero giorno.
Per chi lo ama, questo è paradiso.
Qui son di sede e qui farò ritorno»

mi spiegò Nils col dolce suo sorriso.
Gli chiesi di illustrarmi quei gruppetti.
«Quel che disserta con tono deciso,

è il Napoleone dei braccetti[1]
che conquistò l'intero continente
e l'Atalanta alzò tra i club eletti.

Tutta l'Italia gli è riconoscente
perché ha insegnato a correre in avanti,
a cacciar palla coraggiosamente

[1] **il Napoleone dei braccetti** – Gian Piero Gasperini (Grugliasco, 26-1-58). L'ironico Liedholm lo chiama il Napoleone dei braccetti, per sottolineare la sua più riconoscibile caratteristica tattica: la difesa a 3 uomini. I braccetti sono infatti i 2 giocatori esterni di una difesa a 3 difensori. Criticato per questo modulo, è stato poi copiato in tutta Europa. Come Napoleone, ha conquistato il continente: la sua Atalanta ha vinto l'Europa League '24 battendo in finale il Bayer Leverkusen. Gasp ha allenato anche Crotone, Genoa, Inter e Palermo.

invece di aspettare gli attaccanti.
Così ora siamo internazionali,
così sconfisse Klopp[2] e altri giganti.

Gasp sta parlando del moto delle ali
con Scala e Zac.[3] Lo vedi Maturana[4]
che allenò Asprilla[5] ai nostri Mondiali?

[2] **Klopp** – Vedi nota 11, p. 148.

[3] **Scala e Zac** – Gasp sta dissertando con due colleghi di pensiero: Nevio Scala (Lozzo Atestino, 22-11-47) e Alberto Zaccheroni (Meldola, 1-4-53). Entrambi valorizzarono e portarono al successo la difesa a 3. Alla guida del Parma (1989-96), Scala ha vinto Coppa Uefa, Coppa delle Coppe, Supercoppa europea e Coppa Italia. Zaccheroni è considerato il padre del 3-4-3, oggi di moda, che consentì alla sua Udinese di raggiungere uno storico terzo posto in campionato (1997-98). Con il Milan ha vinto lo scudetto 1999.

[4] **Maturana** – Francisco Antonio Maturana García, detto Pacho (Quibdó, 15-2-49). Allenatore colombiano. Impegnò il Milan di Sacchi nella finale intercontinentale del 1989: il suo Atlético Nacional di Medellin si arrese solo a una punizione di Evani, a un minuto dal termine. Guidò la Colombia al Mondiale del '90 e la portò alla prima, storica, vittoria in Coppa America (2001). Stimato e studiato da Arrigo Sacchi.

[5] **Asprilla** – Faustino Hernán Asprilla Hinestroza, noto anche col diminutivo Tino (Tuluá, 10-11-69). Attaccante colombiano, velocissimo, tecnico, fantasioso. Lo chiamavano il Polpo, per via della lunghezza degli arti. Ha dato gol e allegria al Parma dei sogni (1992-96). Fuori dal campo era immarcabile: appena arrivato a Parma, comprò cento rubinetti che spedì in patria; ebbe una relazione con Petra, sexy-star della scuderia Schicchi; all'uscita di una discoteca di Cartagena, ubriaco, si mise a sparare colpi di pistola in aria.

Ragiona spesso con Telê Santana[6]
e poi col Mago,[7] il Flaco[8] e con il Loco[9]
alla lavagna sudamericana, 39

che tante idee ha regalato al gioco.
In quel boschetto dove il fumo sale
stan discutendo sopra il fuorigioco 42

[6] **Telê Santana** – Vedi nota 5, p. 79.
[7] **Mago** – Vedi nota 18, p. 85.
[8] **il Flaco** – César Luis Menotti (Rosario, 5-11-38 – Buenos Aires, 5-5-24). Detto *El Flaco.* Famiglia di origine italiana (Ancona), c.t. dell'Argentina campione del mondo nel 1978. Si smarcò coraggiosamente dalla propaganda di regime: «Noi giochiamo per il popolo che soffre, non per i generali e i loro complici».
[9] **il Loco** – Marcelo Alberto Bielsa Caldera, noto semplicemente come Marcelo Bielsa (Rosario, 21-7-55). Profondo studioso del calcio, carattere scorbutico, modi stravaganti, carisma filosofico. Il suo marchio di fabbrica è lo schema 3-3-3-1. Ha allenato in Argentina, in Spagna, in Inghilterra, in Francia e, per qualche ora, anche in Italia. Il 6 luglio 2016 la Lazio annunciò il suo ingaggio e due giorni dopo le dimissioni. *El Loco* motivò la rottura con i mancati acquisti promessi dal presidente Lotito. Ha allenato tre Nazionali: Argentina, Cile, Uruguay. Con l'Argentina ha vinto il torneo olimpico di Atene 2004.

il ceco Zeman[10] e l'amico Gale.[11]
Neppure qui posa la sigaretta…
Preparati che inizia il tuo rituale.»

Giunse al volante di una macchinetta,
tipo quelle che trasportano i golfisti:
«Sei il benvenuto nella nostra setta!

Sono davvero lieto che venisti.
Ma togliti l'umor da Sergio Endrigo…
Finiran qui i tuoi giorni più tristi!».

Così parlò e m'abbracciò l'Arrigo[12]
che ripartì sgommando sulle ruote
come il bulletto che vuol fare il figo.

[10] **il ceco Zeman** – Zdeněk Zeman (Praga, 12-5-47). Considerato uno dei primi profeti in Italia del calcio totale, all'olandese. Il suo Foggia dei Miracoli (1989-94) incantò e sorprese: calcio aggressivo, a grande velocità, con un tridente scatenato (Rambaudi-Baiano-Signori). Una furia alimentata da una feroce preparazione atletica. Proverbiali i suoi allenamenti sui gradoni dello stadio. Il Boemo ha allenato poi Lazio (1994-97), Roma (1997-99) e molte altre squadre. Ha vinto solo due campionati di Serie B, ma il dio del calcio, che ama il bel gioco, gli ha riservato un posto in paradiso. Anche perché ha aiutato il calcio a uscire dalle farmacie.

[11] **l'amico Gale** – Dopo gli allenatori della difesa a 3 e quelli sudamericani, ecco il boschetto dei tecnici velleitari, che hanno cercato il bello e vinto poco. Giovanni Galeone (Napoli, 25-1-41). Anche lui ha vinto un solo campionato di B. Ma il suo Pescara 1987-88, neopromosso, dava spettacolo: vinse 2-0 a San Siro contro l'Inter e sconfisse la Juve 2-0 all'Adriatico. Per la prima volta nella sua storia, il Pescara si salvò in Serie A.

[12] **l'Arrigo** – Vedi nota 21, p. 37.

«Dove mi porti, se saper si puote?»
chiesi al profeta, nato a Fusignano.
«Presto le cose ti saranno note»

rispose senza sciogliere l'arcano.
Come gli amici fanno per sorpresa
che al buio si nascondon piano piano,

così quando la luce si fu accesa,
mi ritrovai davanti a una baldoria!
Non uno, cento, mille… Una distesa

di grandi allenatori della storia
che al mio ingresso fecero un concerto!
Quel coro resterà nella memoria.

Tutti cantavan: «Roberto! Roberto!».
Anche sir Alex[13] che di tanti onori
è stato giustamente ricoperto.

[13] **sir Alex** – Sir Alexander Chapman Ferguson (Glasgow, 31-12-41). Leggendario allenatore del Manchester United (1986-13). Sotto la sua guida, i Red Devils sono diventati 13 volte campioni d'Inghilterra, 2 volte campioni d'Europa (Champions League) e 2 volte del mondo (Coppa Intercontinentale, Mondiale per club). Nel 1999 è stato nominato sir dalla Regina. Si è presentato alla cerimonia in kilt.

Pep[14] con l'Arrigo dirigeva i cori.
Vidi Bob Paisley,[15] Lattek[16] e Prandelli[17]
Lippi,[18] Bearzot[19], Pozzo:[20] i tre tenori.[21] 72

[14] **Pep** – Vedi nota 9, p. 48.

[15] **Bob Paisley** – Robert Paisley, detto Bob (Hetton-le-Hole, 23-1-1919 – Liverpool, 14-2-96). Mitico allenatore del Liverpool (1974-83). Primo a vincere 3 Coppe dei Campioni.

[16] **Lattek** – Udo Lattek (Bosemb, 16-1-35 – Colonia, 31-1-15). Santone del calcio di Germania. Il tecnico che ha vinto più trofei con squadre tedesche: 14. Ha conquistato, tra l'altro, una Coppa dei Campioni (Bayern Monaco), una Coppa Uefa (Borussia Mönchengladbach), una Coppa delle Coppe (Barcellona). Ha allenato anche Colonia, Schalke 04 e Borussia Dortmund.

[17] **Prandelli** – Claudio Cesare Prandelli (Orzinuovi, 19-8-57). Il calcio di Prandelli, e in particolare il primo biennio da c.t (2010-12), culminato con il secondo posto all'Europeo, sono stati sottovalutati in terra, non in cielo, dove si apprezza la qualità del gioco e delle persone. Cesare sta con i grandi.

[18] **Lippi** – Marcello Romeo Lippi (Viareggio, 12-4-48). Ha regalato alla Juve l'ultima Champions League ('96) e all'Italia l'ultimo titolo Mondiale (2006). Aprì una terza via tra Sacchi e Trapattoni. Per l'Avvocato Agnelli: «Il miglior prodotto di Viareggio, dopo la Sandrelli».

[19] **Bearzot** – Vedi nota 20, p. 151.

[20] **Pozzo** – Vittorio Giuseppe Luigi Enrico Pozzo (Torino, 2-3-1886 – Torino, 21-12-68). Il c.t. dei primi due titoli mondiali vinti dagli azzurri: nel '34 in Italia e nel '38 in Francia. Vinse anche l'oro ai Giochi di Berlino '36. Era alpino e giornalista.

[21] **i tre tenori** – Sono vicini, riuniti dall'orgoglio, i tre c.t. che hanno procurato all'Italia i 4 titoli mondiali: Pozzo ('34, '38), Bearzot ('82), Lippi (2006).

Klopp, Ancelotti, Trap[22] e Maestrelli,[23]
Guttman[24] e Chapman,[25] Scoglio[26] e Bagnoli,[27]
Radice[28] che segnava coi gemelli,[29]

[22] **Klopp, Ancelotti, Trap** – Jürgen Klopp (vedi nota 11, p. 148), Carlo Ancelotti (vedi nota 14, p. 161), Giovanni Trapattoni (vedi nota 12, p. 83).

[23] **Maestrelli** – Tommaso Arturo Renzo Maestrelli (Pisa, 7-10-1922 – Roma, 2-12-76). Ex partigiano, allenatore del primo scudetto della Lazio ('74).

[24] **Guttman** – Béla Guttmann (Budapest, 27-1-1899 – Vienna, 28-8-81). Ballerino, scampato all'Olocausto, trequartista elegante, laureato in Psicologia, uno degli allenatori più carismatici della storia. Sceglieva chi mandare in campo anche scrutando i nasi: chi ce lo aveva intasato avrebbe respirato male. Provò invano a insegnare un calcio offensivo al Padova (1949-50) e alla Triestina (1950-51): licenziato. Licenziato anche dal Milan (1953-55), mentre era primo in classifica. Al Benfica vinse 2 Coppe dei Campioni ('61, '62). Litigò per ragioni di soldi e maledisse: «Il Benfica non vincerà mai più la Coppa dei Campioni». Fatto. Al San Paolo (1957-58) educò il 4-2-4 che il Brasile di Pelé adottò al Mondiale di Svezia. Odiava la teoria: «Prima giocare, poi vedere, poi imparare».

[25] **Chapman** – Herbert Chapman (Kiveton Park, 19-1-1878 – Londra, 6-1-34). Mitico allenatore dell'Arsenal (1925-34) che guidò al primo, storico, titolo nazionale (1930-31), grazie al Sistema (o schema WM) di sua invenzione. Introdusse il pallone a scacchi bianchi e neri che fece epoca.

[26] **Scoglio** – Francesco Scoglio, detto Franco (Lipari, 2-5-41 – Genova, 3-10-05). Soprannominato il Professore, per la laurea in Pedagogia, il suo approccio filosofico al calcio e le sue massime ardite. Le promozioni in B con il Messina ('86) e in A col Genoa ('89) i suoi picchi d'orgoglio. Adorato in ogni piazza. Ha allenato anche le Nazionali di Tunisia e Libia. Promise: «Morirò parlando di Genoa». Mantenne la parola. Stroncato da un malore durante una diretta tv.

[27] **Bagnoli** – Osvaldo Bagnoli (Milano, 3-7-35). Guidò il Verona a uno degli scudetti meno pronosticabili ('85). Al Genoa regalò l'orgoglio della vittoria ad Anfield (18-3-92): Liverpool-Genoa 1-2, Coppa Uefa. Prima italiana a violare la tana dei Reds. Meno fortunata l'esperienza all'Inter (1992-94).

[28] **Radice** – Luigi Radice, detto Gigi (Cesano Maderno, 15-1-35 – Monza, 7-12-18). Scudetto 1975-76, il primo del Torino nel dopo Superga.

[29] **segnava coi gemelli** – Francesco Graziani, detto Ciccio (Subiaco, 16-12-52), campione del mondo nell'82, al Torino dal 1973 all'81. Paolino Pulici, soprannominato Pupi (Roncello, 27-4-50), ribattezzato Puliciclone da Brera, al Torino dal 1967 all'82. Nel campionato dello scudetto, i Gemelli del gol ne ammassarono 36 (21 Pulici). In granata, quasi 300.

Del Bosque,[30] Jacquet,[31] Thiago[32] e il bravo Pioli,[33]
Viciani[34] che per primo fece scuola,
poi Rinus[35] che stravolse tutti i ruoli 78

[30] **Del Bosque** – Vicente Del Bosque González (Salamanca, 23-12-50). Al Real Madrid chiuse la carriera da centrocampista e iniziò quella di allenatore. Alla guida delle Meringhe ha vinto, tra l'altro, 2 Champions League (2000, 2002) e una Coppa Intercontinentale (2002). C.t. della Spagna dal 2008 al 2016, ha vinto il Mondiale 2010 e l'Europeo 2012.

[31] **Jacquet** – Aimé Étienne Jacquet (Sail-sous-Couzan, 27-11-41). Ha regalato alla Francia il primo storico titolo mondiale, nell'edizione fatta in casa (1998).

[32] **Thiago** – Thiago Motta (São Bernardo do Campo, 28-8-82). Centrocampista cresciuto al Barcellona, poi Atlético Madrid, Genoa, Inter, Paris Saint-Germain. Uno degli eroi del Triplete con Mourinho (2010). Nazionale con Prandelli. È arrivato secondo a Euro 2012. Ha cominciato ad allenare i ragazzi del Psg, poi Genoa, Spezia e Bologna (2022-24), che ha portato in Champions, meritandosi la chiamata della Juve. E quella del dio del bel gioco. Dovrà meritarsi la conferma in paradiso.

[33] **il bravo Pioli** – Stefano Pioli (Parma, 20-10-65). De Zerbi sottolinea con un aggettivo i meriti di Pioli per lo scudetto del Milan 2021-22, difficilmente pronosticabile. Nel paradiso del buon calcio è apprezzato più che in terra.

[34] **Viciani** – A Corrado Viciani (Bengasi, 3-12-29 – Castiglion Fiorentino, 12-2-14) viene riconosciuto l'onore di pioniere del «gioco corto» con la sua Ternana (1971-73). «Gioco brasiliano alla velocità degli inglesi» spiegava. Spezzò la tradizione italiana con un tiki-taka che giustificò umilmente così: «Avevo degli asini come giocatori, non potevo permettermi lanci lunghi, invenzioni, fantasie. Bisognava correre, fare passaggetti facili facili, sovrapporsi».

[35] **poi Rinus** – Marinus Jacobus Hendricus Michels, detto Rinus (Amsterdam, 9-2-28 – Aalst, 3-3-05). Il padre del calcio moderno, il teorico della rivoluzione olandese del calcio totale. Ha distrutto le barriere dei ruoli e sparpagliato in campo le funzioni. Una lezione che dura ancora, perché ha ispirato generazioni di tecnici, da Cruijff a Sacchi, a Guardiola, a Gasperini. Lo ha fatto alla guida dell'Ajax, della Nazionale olandese e del Barcellona. Per la Fifa (1999) è stato il miglior allenatore del secolo. Vinse la Coppa dei Campioni con l'Ajax di Cruijff (1971) e l'Europeo con l'Olanda di Van Basten (1988).

ed ispirò sia Sacchi che Guardiola.
Qui Arrigo chiese un poco d'attenzione
e dal pulpito prese la parola: 81

«Roberto, non sei ancora da pensione.
Se tutti insieme qui ci siam raccolti,
è perché dio ci ha dato una missione, 84

e vuol che finalmente tu ci ascolti.
Il calcio ha perso la più vera essenza,
i suoi principi vengono stravolti. 87

Solo difesa! Solo ripartenza!
Ma i nostri cari padri fondatori
lo architettaron con ben altra scienza, 90

ci tramandaron ben altri valori:
lo vollero offensivo e collettivo,
è diventato sport da difensori, 93

e ognuno pensa solo a fare il divo.
Non vale il merito, non conta il gioco,
soltanto il risultato positivo. 96

Ma il calcio durerà ancora poco
se chi lo guarda più non si diverte.
Roberto, accendi ancor il sacro fuoco, 99

dio non ti vuole più vedere inerte.
Aiuta il calcio a ritrovare il bello
o presto avremo tribune deserte. 102

Torna a educar un abile torello,
a divertir quei tristi spettatori
abituati a match di tamburello.

Ricorda: noi non siamo “allenatori”,
il nome viene scritto male,
in verità noi siamo “allietacuori”».

A quell’esortazione emozionale
l’animo si fece un altoforno
e si riempì di forza eccezionale:

«Amici miei, sulla panchina torno!».
Seguì un boato da Maracanà
e mi trovai tutti i colleghi attorno

per auguri, abbracci e bla bla bla…
Davvero mi sentivo in paradiso,
la Cima Coppi della felicità.

Anche il buon Nils aveva gioia in viso:
«Mi pare la missione ben riuscita,
dopo tanto cammino condiviso.

Ma prima di tornare alla tua vita,
devi passare dal cielo più alto
dove ti attendon gli Spiriti Magni.

Preparati, si fa l’ultimo salto».

CANTO XVI
Epilogo

GLI SPIRITI MAGNI (FACCHETTI, SCIREA, MALDINI).
L'INCONTRO CON IL DIO DEL CALCIO. IL RITORNO A SASSUOLO

Per poter regger tutta quella luce,
potente come mai io vidi al mondo,
di occhiali mi fornì il mio buon duce.

Mi pervase un benessere profondo,
un sentimento di gran serenità.
Un angelo arpeggiava in sottofondo.

Dall'abbagliante luminosità,
vestite con la stessa tuta bianca,
vidi spuntare tre divinità.

Come colui cui la favella manca,
a bocca aperta come un pesce stetti.
Un tal tesoro non lo trovi in banca:

Scirea, Maldini e Giacinto Facchetti.[1]
Li salutai con timida emozione,
come il più nerd di tutti i chierichetti.

«Ora che torni a insegnar pallone,
vorremmo darti qualche buon consiglio.
Ricorda di allenar l'educazione,

essere corretto non vuol dir coniglio»
raccomandò il tenero Gaetano.
«Da quando ancor giocavo sul Naviglio,

[1] **Scirea, Maldini e Giacinto Facchetti** – Ecco gli Spiriti Magni, accomunati da tre virtù, in particolare: correttezza in campo, fedeltà alla maglia, valore sportivo. Tre giganti del calcio italiano.
Gaetano Scirea, detto Gai (Cernusco sul Naviglio, 25-5-53 – Babsk, 3-9-89). Cresciuto all'Atalanta, è diventato bandiera della Juve (1974-88) e della Nazionale. Leader silenzioso, difensore moderno che partecipava alla costruzione. Campione del mondo nell'82 con Bearzot, che lo adorava, nella Juve ha vinto Coppa dei Campioni, Coppa delle Coppe, Coppa Uefa, Supercoppa europea, 2 Coppe Italia e 7 scudetti. Morì in un incidente stradale in Polonia, mentre era in missione di osservatore per l'amico Dino Zoff, allora allenatore della Juve.
Paolo Cesare Maldini (Milano, 26-6-68). Figlio di Cesare, già bandiera del Milan, ha trascorso 25 anni in maglia rossonera (1984-09) ammassando una serie di record: presenze nel Milan (902), maggior numero di trofei vinti col Milan (26, di cui 5 Champions), italiano con più presenze nelle competizioni Uefa (174), più finali di Coppa dei Campioni (8). È terzo per presenze in Nazionale (126) dietro a Buffon (176) e Cannavaro (136). Considerato da molti il più forte difensore della storia del calcio. Da responsabile dell'area tecnica del Milan, ha vinto lo scudetto 2021-22.
Giacinto Facchetti (Treviglio, 18-7-42 – Milano, 4-9-06). Dal 1960 al 1978 ha vestito i colori dell'Inter, di cui è stato anche presidente (2004-06). Una vita in nerazzurro. Campione d'Europa e del mondo con la Grande Inter del Mago, di cui era il prediletto, anche se gli storpiava il nome in Cipeletti. Per Gianni Brera era Giacinto Magno. Facchetti rivoluzionò il ruolo del terzino, inventando il fluidificante di fascia: 59 gol in Serie A. Capitano dell'Italia che vinse l'Europeo del '68.

mi ripetevan: “Non andrai lontano,
se non impari un poco a far del male.[2]
Non puoi far sempre il buon samaritano…”.

Sono arrivato a vincere un Mondiale
giocando sempre con lealtà e rispetto.
Non c’è vittoria che non sia morale.»

«Parole sante, Gai ti ha appena detto.
Ricorda che ci guardano i bambini,
dobbiam tener comportamento retto»

aggiunse qui il gran Paolo Maldini
«perché ci prendon poi come modello.
Ricorda che plasmiamo dei destini,

noi te plasmammo[3] in quel di Milanello.»
«Non son gli allori che io ho conquistato,
l’orgoglio mio, il mio fiore all’occhiello,

non i seicento incontri che ho giocato.
Sai cosa conta più di tutto questo?
Esser da tutti ancor considerato

[2] **a far del male** – All’Atalanta, dove fu trasformato da punta in mediano, il responsabile del settore giovanile gli promise un premio, se fosse riuscito a farsi ammonire. Non ci riuscì.

[3] **noi te plasmammo** – De Zerbi trascorse tre anni nelle giovanili del Milan (1995-98) e aveva quindi come modello la prima squadra di Maldini.

un uomo giusto, uno sportivo onesto.
  Tu torna pure a costruir dal basso,
  ma l'etica sia alta,[4] per il resto.

Ora sei pronto per muovere il passo»
  così Giacinto chiuse la lezione
  che io ho ascoltato fermo come un sasso.

L'italica trimurti del pallone
  mi diede altri consigli, altri precetti,
  poi m'impartì la sua benedizione.

Allora ringraziai a palmi stretti:
  «Prometto di seguir la vostra strada».
  Riprese la parola il buon Facchetti:

«Rimane un atto prima che tu vada.
  Il dio del calcio che qui ti ha voluto,
  e che il tuo gioco da sempre gli aggrada,

vorrebbe farti un piccolo saluto».
  Un gran bagliore mi ricordo solo,
  poi credo proprio di essere svenuto.

[4] **ma l'etica sia alta** – Era un suo pallino. Per anni è stato un modello di sportività e correttezza, guadagnando per questo molto affetto trasversale. Giacinto Facchetti annotava su un quadernetto tutte le massime morali che leggeva. In oltre 600 partite da difensore, è stato espulso una volta sola, in un Inter-Fiorentina del '75, per un applauso all'arbitro Vannucchi che lo aveva appena ammonito.

Mi risvegliai nel parco di Sassuolo,
davanti ai due che erano di Kyoto.
Era durato nulla il folle volo,

il tempo di scattare quella foto.
Sul quattro stava ancora la lancetta
dell'orologio che riprese il moto.

Però era cambiata la *Gazzetta*:
«De Zerbi guiderà il Barcellona».
Si era avverato molto più che in fretta

ciò che aveva predetto Maradona.
Pedri, Yamal…[5] già non stavo nella pelle.
Potevo abbandonare la poltrona.

Sarei tornato ad allenar le stelle.

[5] **Pedri, Yamal** – Pedro González López, detto Pedri (Tegueste, 25-11-2002) e Lamine Yamal Nasraoui Ebana (Esplugues de Llobregat, 13-7-2007), talentini del Barcellona e della Nazionale spagnola. De Zerbi sta già pensando a come schierarli nel suo Barcellona…

Indice dei nomi

Questo libro è stampato fabbricato da Grafica Veneta S.p.A.
con un processo di stampa e rilegatura certificato 100% carbon neutral
in accordo con PAS 2060 BSI

Finito di stampare nel mese di ottobre 2024
per conto di RCS MediaGroup S.p.A.
da Grafica Veneta S.p.A., Via Malcanton 2,
Trebaseleghe (PD)
Printed in Italy